Suhrkamp BasisBiblioth

Diese Ausgabe der »Suhrkamp BasisBibliothek – Arbeitstexte für Schule und Studium« bietet nicht nur Kafkas abgründige Erzählung *In der Strafkolonie* sowie in einem Anhang Texte aus dem Entstehungsumfeld, sondern auch einen Kommentar, der alle für das Verständnis des Buches erforderlichen Informationen enthält: eine Zeittafel zu Leben und Werk, Hinweise zur Entstehungs- und Rezeptionsgeschichte, einen Forschungsüberblick, Literaturhinweise sowie detaillierte Wort- und Sacherläuterungen. Die Schreibweise des Kommentars entspricht den neuen Rechtschreibregeln.

Peter Höfle, geboren 1962, unterrichtet Deutsch, Latein und Philosophie. Er lebt in Hofheim am Taunus. Veröffentlichungen u. a. zu Goethe, zur Literatur des 19. Jahrhunderts sowie zu Rilke und Kafka.

Franz Kafka
In der Strafkolonie

Mit einem Kommentar von Peter Höfle

Suhrkamp

Der Text der Strafkolonie folgt dem Erstdruck:
Franz Kafka, *In der Strafkolonie*, Leipzig: Kurt Wolff Verlag 1919.
Anders als fast alle anderen Erstdrucke der Werke Kafkas kennt die Erstausgabe der *Strafkolonie*, wie auch sämtliche Manuskripte Kafkas, kein ß. Diese Eigenart der durchgängigen Doppel-s-Schreibung wurde beibehalten. Das Komma, das bei Kafka dem Abführungszeichen vorangeht, wurde indes nach heutigem Gebrauch hintangestellt.
Die Texte des Anhangs werden wiedergegeben nach:
Kafka, Franz: *Tagebücher 1910–1923* (Gesammelte Werke, hg. von Max Brod), New York / [Frankfurt am Main] 1951, S. 524–528
Wolff, Kurt: *Briefwechsel eines Verlegers. 1911–1963*, hg. von Bernhard Zeller und Ellen Otten, Frankfurt/M. 1966, S. 35–46

6. Auflage 2020

Erste Auflage 2006
Originalausgabe
Suhrkamp BasisBibliothek 78

Satz: pagina GmbH, Tübingen
Druck: CPI – Ebner & Spiegel, Ulm
Umschlagfoto: Archiv Klaus Wagenbach, Berlin
Umschlaggestaltung: Regina Göllner und Hermann Michels
Printed in Germany
ISBN 978-3-518-18878-1

Inhalt

In der ⌜Strafkolonie⌝

»Es ist ein eigentümlicher ⌜Apparat⌝«, sagte der Offizier* zu dem ⌜Forschungsreisenden⌝ und überblickte mit einem gewissermassen bewundernden Blick den ihm doch wohlbekannten Apparat. Der Reisende schien nur aus Höflichkeit der Einladung des Kommandanten* gefolgt zu sein, der ihn aufgefordert hatte, der Exekution* eines ⌜Soldaten⌝ beizuwohnen, der wegen Ungehorsam und Beleidigung des Vorgesetzten verurteilt worden war. Das Interesse für diese Exekution war wohl auch in der Strafkolonie nicht sehr gross. Wenigstens war hier in dem tiefen, sandigen, von kahlen Abhängen ringsum abgeschlossenen kleinen Tal ausser dem Offizier und dem Reisenden nur der Verurteilte, ein stumpfsinniger breitmäuliger Mensch mit verwahrlostem Haar und Gesicht und ein Soldat zugegen, der die schwere Kette hielt, in welche die kleinen Ketten ausliefen, mit denen der Verurteilte an den Fuss- und Handknöcheln sowie am Hals gefesselt war und die auch untereinander durch Verbindungsketten zusammenhingen. Übrigens sah der Verurteilte so ⌜hündisch ergeben⌝ aus, dass es den Anschein hatte, als könnte man ihn frei auf den Abhängen herumlaufen lassen und müsse bei Beginn der Exekution nur pfeifen, damit er käme.

Militärischer Vorgesetzter vom Leutnant aufwärts

Befehlshaber

»Ausführung« eines Todesurteils, Hinrichtung

Der Reisende hatte wenig Sinn für den Apparat und ging hinter dem Verurteilten fast sichtbar unbeteiligt auf und ab, während der Offizier die letzten Vorbereitungen besorgte, bald unter den tief in die Erde eingebauten Apparat kroch, bald auf eine Leiter stieg, um die oberen Teile zu untersuchen. Das waren Arbeiten, die man eigentlich einem Maschinisten hätte überlassen können, aber der Offizier führte sie mit einem grossen Eifer aus, sei es, dass er ein besonderer Anhänger dieses Apparates war, sei es, dass man aus anderen Gründen die Arbeit sonst niemandem anvertrauen konnte. »Jetzt ist alles fertig!« rief er endlich und stieg von der Leiter hinunter. Er war ungemein ermattet, atmete mit weit offenem Mund und hatte zwei zarte ⌜Damentaschentücher⌝ hinter den Uniformkragen gezwängt. »Diese Uniformen sind doch für die ⌜Tropen⌝ zu schwer«, sagte der Reisende, statt sich, wie es der Offizier erwartet hatte, nach dem Apparat zu erkundigen. »Gewiss«, sagte der Offizier und wusch sich die von Öl und Fett beschmutzten Hände in einem bereitstehenden Wasserkübel, »aber sie bedeuten die Heimat; wir wollen nicht die Heimat verlieren. – Nun sehen Sie aber diesen Apparat«, fügte er gleich hinzu, trocknete die Hände mit einem Tuch und zeigte gleichzeitig auf den Apparat. »Bis jetzt war noch Händearbeit nötig, von jetzt aber arbeitet der Apparat ganz allein.« Der Reisende nickte und folgte dem Offizier. Dieser suchte sich für alle Zwischenfälle zu sichern und sagte dann: »Es kommen natürlich Störungen vor; ich hoffe zwar, es wird heute keine eintreten, immerhin muss man mit ihnen rechnen. Der Apparat soll ja ⌜zwölf Stunden ununterbrochen im Gang⌝ sein. Wenn aber auch Störungen vorkommen, so sind sie doch nur ganz kleine und sie werden sofort behoben sein.«

»Wollen Sie sich nicht setzen?« fragte er schliesslich, zog aus einem Haufen von Rohrstühlen einen hervor und bot ihn dem Reisenden an; dieser konnte nicht ablehnen. Er sass nun am Rande einer Grube, in die er einen flüchtigen Blick warf. Sie war nicht sehr tief. Zur einen Seite der Grube war die ausgegrabene Erde zu einem Wall aufgehäuft, zur anderen Seite stand der Apparat. »Ich weiss nicht«, sagte der Offizier, »ob Ihnen der Kommandant den Apparat schon erklärt hat.« Der Reisende machte eine ungewisse Handbewegung; der Offizier verlangte nichts Besseres, denn nun konnte er selbst den Apparat erklären. »Dieser Apparat«, sagte er und fasste eine Kurbelstange, auf die er sich stützte, »ist eine Erfindung unseres früheren

Kommandanten. Ich habe gleich bei den allerersten Versuchen mitgearbeitet und war auch bei allen Arbeiten bis zur Vollendung beteiligt. Das Verdienst der Erfindung allerdings gebührt ihm ganz allein. Haben Sie von unserem ⌜früheren Kommandanten⌝ gehört? Nicht? Nun, ich behaupte nicht zu viel, wenn ich sage, dass die ⌜Einrichtung der ganzen Strafkolonie sein Werk ist⌝. Wir, seine Freunde, wussten schon bei seinem Tod, dass die Einrichtung der Kolonie so in sich geschlossen ist, dass sein Nachfolger, und habe er tausend neue Pläne im Kopf, wenigstens während vieler Jahre nichts von dem Alten wird ändern können. Unsere Voraussage ist auch eingetroffen; der neue Kommandant hat es erkennen müssen. Schade, dass Sie den früheren Kommandanten nicht gekannt haben! – Aber«, unterbrach sich der Offizier, »ich schwätze, und sein Apparat steht hier vor uns. Er besteht, wie Sie sehen, aus drei Teilen. Es haben sich im Laufe der Zeit für jeden dieser Teile gewissermassen volkstümliche Bezeichnungen ausgebildet. Der untere heisst das Bett, der obere heisst der Zeichner, und hier der mittlere, schwebende Teil heisst die Egge.« »Die Egge?« fragte der Reisende. Er hatte nicht ganz aufmerksam zugehört, die Sonne verfing sich allzu stark in dem schattenlosen Tal, man konnte schwer seine Gedanken sammeln. Um so bewundernswerter erschien ihm der Offizier, der im engen, parademässigen, mit Epauletten* beschwerten, mit Schnüren behängten Waffenrock so eifrig seine Sache erklärte und ausserdem, während er sprach, mit einem Schraubendreher noch hier und da an einer Schraube sich zu schaffen machte. In ähnlicher Verfassung wie der Reisende schien der Soldat zu sein. Er hatte um beide Handgelenke die Kette des Verurteilten gewikkelt, stützte sich mit der Hand auf sein Gewehr, liess den Kopf im Genick hinunterhängen und kümmerte sich um nichts. Der Reisende wunderte sich nicht darüber, denn der Offizier sprach ⌜französisch⌝ und französisch verstand ge-

Schulteraufsätze der Uniformjacke, Achselklappen

wiss weder der Soldat noch der Verurteilte. Um so auffallender war es allerdings, dass der Verurteilte sich dennoch bemühte, den Erklärungen des Offiziers zu folgen. Mit einer Art schläfriger Beharrlichkeit richtete er die Blicke immer dorthin, wohin der Offizier gerade zeigte, und als dieser jetzt vom Reisenden mit einer Frage unterbrochen wurde, sah auch er, ebenso wie der Offizier, den Reisenden an.

»Ja, die Egge«, sagte der Offizier, »der Name passt. Die Nadeln sind eggenartig angeordnet, auch wird das Ganze wie eine Egge geführt, wenn auch ⌜bloss auf einem Platz⌝ und viel kunstgemässer. Sie werden es übrigens gleich verstehen. Hier auf das Bett wird der Verurteilte gelegt. – Ich will nämlich den Apparat zuerst beschreiben und dann erst die Prozedur selbst ausführen lassen. Sie werden ihr dann besser folgen können. Auch ist ein Zahnrad im Zeichner zu stark abgeschliffen; es kreischt sehr, wenn es im Gang ist; man kann sich dann kaum verständigen; Ersatzteile sind hier leider nur schwer zu beschaffen. – Also hier ist das Bett, wie ich sagte. Es ist ganz und gar mit einer Watteschicht bedeckt; den Zweck dessen werden Sie noch erfahren. Auf diese Watte wird der Verurteilte bäuchlings gelegt, ⌜natürlich nackt⌝; hier sind für die Hände, hier für die Füsse, hier für den Hals Riemen, um ihn festzuschnallen. Hier am Kopfende des Bettes, wo der Mann, wie ich gesagt habe, zuerst mit dem Gesicht aufliegt, ist dieser kleine Filzstumpf, der leicht so reguliert werden kann, dass er dem Mann gerade in den Mund dringt. Er hat den Zweck, am Schreien und am Zerbeissen der Zunge zu hindern. Natürlich muss der Mann den Filz aufnehmen, da ihm sonst durch den Halsriemen das Genick gebrochen wird.« »Das ist Watte?« fragte der Reisende und beugte sich vor. »Ja, gewiss«, sagte der Offizier lächelnd, »befühlen Sie es selbst.« ⌜Er fasste die Hand des Reisenden und führte sie über das Bett hin⌝. »Es ist eine besonders präparierte

Watte, darum sieht sie so unkenntlich aus; ich werde auf ihren Zweck noch zu sprechen kommen.« Der Reisende war schon ein wenig für den Apparat gewonnen; die Hand zum Schutz gegen die Sonne über den Augen, sah er an dem Apparat in die Höhe. Es war ein grosser Aufbau. Das Bett und der Zeichner hatten gleichen Umfang und sahen wie zwei dunkle Truhen aus. Der Zeichner war etwa zwei Meter über dem Bett angebracht; beide waren in den Ecken durch vier Messingstangen verbunden, die in der Sonne fast ⌜Strahlen⌝ warfen. Zwischen den Truhen schwebte an einem Stahlband die Egge.
Der Offizier hatte die frühere Gleichgültigkeit des Reisenden kaum bemerkt, wohl aber hatte er für sein jetzt beginnendes Interesse Sinn; er setzte deshalb in seinen Erklärungen aus, um dem Reisenden zur ungestörten Betrachtung Zeit zu lassen. Der Verurteilte ahmte den Reisenden nach; da er die Hand nicht über die Augen legen konnte, blinzelte er mit freien Augen zur Höhe.
»Nun liegt also der Mann«, sagte der Reisende, lehnte sich im Sessel zurück und kreuzte die Beine.
»Ja«, sagte der Offizier, schob ein wenig die Mütze zurück und fuhr sich mit der Hand über das heisse Gesicht, »nun hören Sie! Sowohl das Bett als auch der Zeichner haben ihre eigene elektrische Batterie; das Bett braucht sie für sich selbst, der Zeichner für die Egge. Sobald der Mann festgeschnallt ist, wird das Bett in Bewegung gesetzt. Es zittert in winzigen, sehr schnellen Zuckungen gleichzeitig seitlich, wie auch auf und ab. Sie werden ⌜ähnliche Apparate in Heilanstalten⌝ gesehen haben; nur sind bei unserem Bett alle Bewegungen genau berechnet; sie müssen nämlich peinlich auf die Bewegungen der Egge abgestimmt sein. Dieser Egge aber ist die eigentliche Ausführung des Urteils überlassen.«
»Wie lautet denn das Urteil?« fragte der Reisende. »Sie wissen auch das nicht?« sagte der Offizier erstaunt und biss

sich auf die Lippen: »Verzeihen Sie, wenn vielleicht meine Erklärungen ungeordnet sind; ich bitte Sie sehr um Entschuldigung. Die Erklärungen pflegte früher nämlich der Kommandant zu geben; der neue Kommandant aber hat sich dieser Ehrenpflicht entzogen; dass er jedoch einen so hohen Besuch« – der Reisende suchte die Ehrung mit beiden Händen abzuwehren, aber der Offizier bestand auf dem Ausdruck – »einen so hohen Besuch nicht einmal von der Form unseres Urteils in Kenntnis setzt, ist wieder eine Neuerung, die –«, er hatte einen Fluch auf den Lippen, fasste sich aber und sagte nur: »Ich wurde nicht davon verständigt, mich trifft nicht die Schuld. Übrigens bin ich allerdings am besten befähigt, unsere Urteilsarten zu erklären, denn ich trage hier« – er schlug auf seine Brusttasche – »die betreffenden ⌜Handzeichnungen⌝ des früheren Kommandanten.«

»Handzeichnungen des Kommandanten selbst?« fragte der Reisende: »Hat er denn alles in sich vereinigt? War er Soldat, Richter, Konstrukteur, Chemiker, Zeichner?«

»Jawohl«, sagte der Offizier kopfnickend, mit starrem, nachdenklichem Blick. Dann sah er prüfend seine Hände an; sie schienen ihm nicht rein genug, um die Zeichnungen anzufassen; er ging daher zum Kübel und wusch sie nochmals. Dann zog er eine kleine Ledermappe hervor und sagte: »Unser Urteil klingt nicht streng. Dem Verurteilten wird das Gebot, das er übertreten hat, mit der Egge ⌜auf den Leib geschrieben⌝. Diesem Verurteilten zum Beispiel« – der Offizier zeigte auf den Mann – »wird auf den Leib geschrieben werden: ⌜Ehre deinen Vorgesetzten!⌝«

Der Reisende sah flüchtig auf den Mann hin; er hielt, als der Offizier auf ihn gezeigt hatte, den Kopf gesenkt und schien alle Kraft des Gehörs anzuspannen, um etwas zu erfahren. Aber die Bewegungen seiner wulstig aneinander gedrückten Lippen zeigten offenbar*, dass er nichts verstehen konnte. Der Reisende hatte Verschiedenes fragen wol-

Hier affirmativ: deutlich

len, fragte aber im Anblick des Mannes nur: »Kennt er sein Urteil?« »Nein«, sagte der Offizier und wollte gleich in seinen Erklärungen fortfahren, aber der Reisende unterbrach ihn: »Er kennt sein eigenes Urteil nicht?« »Nein«, sagte der Offizier wieder, stockte dann einen Augenblick, als verlange er vom Reisenden eine nähere Begründung seiner Frage, und sagte dann: »Es wäre nutzlos, es ihm zu verkünden. Er erfährt es ja auf seinem Leib.« Der Reisende wollte schon verstummen, da fühlte er, wie der Verurteilte seinen Blick auf ihn richtete; er schien zu fragen, ob er den geschilderten Vorgang billigen könne. Darum beugte sich der Reisende, der sich bereits zurückgelehnt hatte, wieder vor und fragte noch: »Aber dass er überhaupt verurteilt wurde, das weiss er doch?« »Auch nicht«, sagte der Offizier und lächelte den Reisenden an, als erwarte er nun von ihm noch einige sonderbare Eröffnungen. »Nein«, sagte der Reisende und strich sich über die Stirn hin, »dann weiss also der Mann auch jetzt noch nicht, wie seine Verteidigung aufgenommen wurde?« »Er hat keine Gelegenheit gehabt, sich zu verteidigen«, sagte der Offizier und sah abseits, als rede er zu sich selbst und wolle den Reisenden durch Erzählung dieser ihm selbstverständlichen Dinge nicht beschämen. »Er muss doch Gelegenheit gehabt haben, sich zu verteidigen«, sagte der Reisende und stand vom Sessel auf.

Der Offizier erkannte, dass er in Gefahr war, in der Erklärung des Apparates für lange Zeit aufgehalten zu werden; er ging daher zum Reisenden, hing sich in seinen Arm, zeigte mit der Hand auf den Verurteilten, der sich jetzt, da die Aufmerksamkeit so offenbar auf ihn gerichtet war, stramm aufstellte – auch zog der Soldat die Kette an –, und sagte: »Die Sache verhält sich folgendermassen. Ich bin hier in der Strafkolonie zum Richter bestellt. ⸢Trotz meiner Jugend⸣. Denn ich stand auch dem früheren Kommandanten in allen Strafsachen zur Seite und kenne auch den Apparat am besten. Der Grundsatz, nach dem ich entscheide, ist: ⌜Die Schuld ist immer zweifellos⌝. Andere Gerichte können diesen Grundsatz nicht befolgen, denn sie sind vielköpfig und haben auch noch höhere Gerichte über sich. Das ist hier nicht der Fall, oder war es wenigstens nicht beim früheren Kommandanten. Der neue hat allerdings schon Lust gezeigt, in mein Gericht sich einzumischen, es ist mir aber bisher gelungen, ihn abzuwehren, und wird mir auch weiter gelingen. – Sie wollten diesen Fall erklärt haben; er ist so einfach, wie alle. Ein Hauptmann hat heute morgens die Anzeige erstattet, dass dieser Mann, der ihm als Diener zugeteilt ist und vor seiner Türe schläft, den Dienst verschlafen hat. Er hat nämlich die Pflicht, bei jedem Stundenschlag aufzustehen und vor der Tür des Hauptmanns zu salutieren. Gewiss keine schwere Pflicht und eine notwendige, denn er soll sowohl zur Bewachung als auch zur Bedienung frisch bleiben. Der Hauptmann wollte in der gestrigen Nacht nachsehen, ob der Diener seine Pflicht erfülle. Er öffnete Schlag zwei Uhr die Tür und fand ihn zusammengekrümmt schlafen. Er holte die Reitpeitsche und schlug ihm über das Gesicht. Statt nun aufzustehen und um Verzeihung zu bitten, fasste der Mann seinen Herrn bei den Beinen, schüttelte ihn und rief: ›Wirf die Peitsche weg, oder ich fresse dich.‹ – Das ist der Sachverhalt. Der Hauptmann kam ⌜vor einer Stunde⌝ zu mir, ich schrieb seine Angaben auf und anschliessend gleich das Urteil. Dann liess ich dem Mann die Ketten anlegen. Das alles war sehr einfach. Hätte ich den Mann zuerst vorgerufen und ausgefragt, so wäre nur Verwirrung entstanden. Er hätte gelogen, hätte, wenn es mir gelungen wäre, die Lügen zu widerlegen, diese durch neue Lügen ersetzt und so fort. Jetzt aber halte ich ihn und lasse ihn nicht mehr. – Ist nun alles erklärt? Aber die Zeit vergeht, die Exekution sollte schon beginnen, und ich bin mit der Erklärung des Apparates noch nicht fertig.« Er nötigte den Reisenden auf den Sessel nieder, trat wieder zu dem Apparat und begann: »Wie Sie sehen, entspricht die Egge der Form des Menschen; hier ist die Egge für den Oberkörper, hier sind die Eggen für die Beine. Für den Kopf ist nur dieser ⌜kleine Stichel⌝ bestimmt. Ist Ihnen das klar?« Er beugte sich freundlich zu dem Reisenden vor, bereit zu den umfassendsten Erklärungen.

Der Reisende sah mit gerunzelter Stirn die Egge an. Die Mitteilungen über das Gerichtsverfahren hatten ihn nicht befriedigt. Immerhin musste er sich sagen, dass es sich hier um eine Strafkolonie handelte, dass hier besondere Massregeln notwendig waren und dass man bis zum letzten militärisch vorgehen musste. Ausserdem aber setzte er einige Hoffnungen auf den neuen Kommandanten, der offenbar, allerdings langsam, ein neues Verfahren einzuführen beabsichtigte, das dem beschränkten Kopf dieses Offiziers nicht eingehen konnte. Aus diesem Gedankengang heraus fragte der Reisende: »Wird der Kommandant der Exekution beiwohnen?« »Es ist nicht gewiss«, sagte der Offizier, durch die unvermittelte Frage peinlich berührt, und seine freundliche Miene verzerrte sich: »Gerade deshalb müssen wir uns beeilen. Ich werde sogar, so leid es mir tut, meine Erklärungen abkürzen müssen. Aber ich könnte ja morgen, wenn der Apparat wieder gereinigt ist – ⌜dass er so sehr beschmutzt wird, ist sein einziger Fehler⌝ – die näheren Erklärungen nachtragen. Jetzt also nur das Notwendigste. – Wenn der Mann auf dem Bett liegt und dieses ins Zittern gebracht ist, wird die Egge auf den Körper gesenkt. Sie stellt sich von selbst so ein, dass sie nur knapp mit den Spitzen den Körper berührt; ist diese Einstellung vollzogen, strafft sich sofort dieses Stahlseil zu einer Stange. Und nun beginnt das Spiel. Ein Nichteingeweihter merkt äusserlich keinen Unterschied in den Strafen. Die Egge scheint gleichförmig zu arbeiten. Zitternd sticht sie ihre Spitzen in den Körper ein, der überdies vom Bett aus zittert. Um es nun jedem zu ermöglichen, die Ausführung des Urteils zu überprüfen, wurde die Egge ⌜aus Glas gemacht⌝. Es hat einige technische Schwierigkeiten verursacht, die Nadeln darin zu befestigen, es ist aber nach vielen Versuchen gelungen. Wir haben eben keine Mühe gescheut. Und nun kann jeder durch das Glas sehen, wie ⌜sich die Inschrift im Körper vollzieht⌝. Wollen Sie nicht näher kommen und sich die Nadeln ansehen?«

Der Reisende erhob sich langsam, ging hin und beugte sich über die Egge. »Sie sehen«, sagte der Offizier, »zweierlei Nadeln in vielfacher Anordnung. Jede lange hat eine kurze neben sich. Die lange schreibt nämlich, und die kurze spritzt Wasser aus, um das Blut abzuwaschen und die Schrift immer klar zu erhalten. Das Blutwasser wird dann hier in kleine Rinnen geleitet und fliesst endlich in diese Hauptrinne, deren Abflussrohr in die Grube führt.« Der Offizier zeigte mit dem Finger genau den Weg, den das Blutwasser nehmen musste. Als er es, um es möglichst anschaulich zu machen, an der Mündung des Abflussrohres mit beiden Händen förmlich* auffing, erhob der Reisende den Kopf und wollte, mit der Hand rückwärts tastend, zu seinem Sessel zurückgehen. Da sah er zu seinem Schrecken, dass auch der Verurteilte gleich ihm der Einladung des Offiziers, sich die Einrichtung der Egge aus der Nähe anzusehen, gefolgt war. Er hatte den verschlafenen Soldaten an der Kette ein wenig vorgezerrt und sich auch über das Glas gebeugt. Man sah, wie er mit unsicheren Augen auch das suchte, was die zwei Herren eben beobachtet hatten, wie es ihm aber, da ihm die Erklärung fehlte, nicht gelingen wollte. Er beugte sich hierhin und dorthin. Immer wieder lief er mit den Augen das Glas ab. Der Reisende wollte ihn zurücktreiben, denn, was er tat, war wahrscheinlich strafbar. Aber der Offizier hielt den Reisenden mit einer Hand fest, nahm mit der anderen eine Erdscholle vom Wall und warf sie nach dem Soldaten. Dieser hob mit einem Ruck die

gleichsam, sozusagen

Augen, sah, was der Verurteilte gewagt hatte, liess das Gewehr fallen, stemmte die Füsse mit den Absätzen in den Boden, riss den Verurteilten zurück, dass er gleich niederfiel, und sah dann auf ihn hinunter, wie er sich wand und mit seinen Ketten klirrte. »Stell ihn auf!« schrie der Offizier, denn er merkte, dass der Reisende durch den Verurteilten allzusehr abgelenkt wurde. Der Reisende beugte sich sogar über die Egge hinweg, ohne sich um sie zu kümmern, und wollte nur feststellen, was mit dem Verurteilten geschehe. »Behandle ihn sorgfältig!« schrie der Offizier wieder. Er umlief den Apparat, fasste selbst den Verurteilten unter den Achseln und stellte ihn, der öfters mit den Füssen ausglitt, mit Hilfe des Soldaten auf.

»Nun weiss ich schon alles«, sagte der Reisende, als der Offizier wieder zu ihm zurückkehrte. »Bis auf das Wichtigste«, sagte dieser, ergriff den Reisenden am Arm und zeigte in die Höhe: »Dort im Zeichner ist das Räderwerk, welches die Bewegung der Egge bestimmt, und dieses ⸢Räderwerk wird nach der Zeichnung, auf welche das Urteil lautet, angeordnet⸣. Ich verwende noch die Zeichnungen des früheren Kommandanten. Hier sind sie«, – er zog ⸢einige Blätter⸣ aus der Ledermappe – »ich kann sie Ihnen aber leider nicht in die Hand geben, sie sind das Teuerste, was ich habe. Setzen Sie sich, ich zeige sie Ihnen aus dieser Entfernung, dann werden Sie alles gut sehen können.« Er zeigte das erste Blatt. Der Reisende hätte gerne etwas Anerkennendes gesagt, aber er sah nur ⸢labyrinthartige, einander vielfach kreuzende Linien, die so dicht das Papier bedeckten, dass man nur mit Mühe die weissen Zwischenräume erkannte⸣. »Lesen Sie«, sagte der Offizier. »Ich kann nicht«, sagte der Reisende. »Es ist doch deutlich«, sagte der Offizier. »Es ist sehr kunstvoll«, sagte der Reisende ausweichend, »aber ich kann es nicht entziffern.« »Ja«, sagte der Offizier, lachte und steckte die Mappe wieder ein, »es ist ⸢keine Schönschrift für Schulkinder⸣. Man muss lange darin lesen. Auch Sie würden es schliesslich gewiss erkennen. Es darf natürlich keine einfache Schrift sein; sie soll ja nicht sofort töten, sondern durchschnittlich erst in einem Zeitraum von zwölf Stunden; für die ⌜sechste Stunde⌝ ist der Wendepunkt berechnet. Es müssen also viele, viele ⌜Zieraten die eigentliche Schrift umgeben; die wirkliche Schrift umzieht den Leib nur in einem schmalen Gürtel; der übrige Körper ist für Verzierungen⌝ bestimmt. Können Sie jetzt die Arbeit der Egge und des ganzen Apparates würdigen? – Sehen Sie doch!« Er sprang auf die Leiter, drehte ein Rad, rief hinunter: »Achtung, treten Sie zur Seite!«, und alles kam in Gang. Hätte das Rad nicht gekreischt, es wäre herrlich gewesen. Als sei der Offizier von diesem störenden Rad überrascht, drohte er ihm mit der Faust, breitete dann, sich entschuldigend, zum Reisenden hin die Arme aus und kletterte eilig hinunter, um den Gang des Apparates von unten zu beobachten. Noch war etwas nicht in Ordnung, das nur er merkte; er kletterte wieder hinauf, griff mit beiden Händen in das Innere des Zeichners, glitt dann, um rascher hinunterzukommen, statt die Leiter zu benutzen, an der einen Stange hinunter und schrie nun, um sich im Lärm verständlich zu machen, mit äusserster Anspannung dem Reisenden ins Ohr: »Begreifen Sie den Vorgang? Die Egge fängt zu schreiben an; ist sie mit der ersten Anlage der Schrift auf dem Rücken des Mannes fertig, rollt die Watteschicht und ⌜wälzt den Körper langsam auf die Seite⌝, um der Egge neuen Raum zu bieten. Inzwischen legen sich die wundbeschriebenen Stellen auf die Watte, welche infolge der besonderen Präparierung sofort die Blutung stillt und zu neuer Vertiefung der Schrift vorbereitet. Hier die Zacken am Rande der Egge reissen dann beim weiteren Umwälzen des Körpers die Watte von den Wunden, schleudern sie in die Grube, und die Egge hat wieder Arbeit. So schreibt sie immer tiefer die zwölf Stunden lang. Die ersten sechs Stunden lebt der Verurteilte fast wie früher, er leidet nur Schmerzen. Nach zwei Stunden wird der Filz entfernt, denn der Mann hat keine Kraft zum Schreien mehr. Hier in diesen elektrisch geheizten Napf am Kopfende wird warmer Reisbrei gelegt, aus dem der Mann, wenn er Lust hat, nehmen kann, was er mit der Zunge erhascht. ⌜Keiner versäumt die Gelegenheit⌝. Ich weiss keinen, und meine Erfahrung ist gross. Erst um die sechste Stunde verliert er das Vergnügen am Essen. Ich knie dann gewöhnlich hier nieder und beobachte diese Erscheinung. Der Mann schluckt den letzten Bissen selten, er dreht ihn nur im Mund und speit ihn in die Grube. Ich muss mich dann bücken, sonst fährt es mir ins Gesicht. ⌜Wie still wird dann aber der Mann⌝ um die sechste Stunde! Verstand geht dem Blödesten auf. Um die Augen beginnt es. Von hier aus verbreitet es sich. Ein Anblick, der einen verführen könnte, sich mit unter die Egge zu legen. Es geschieht ja weiter nichts, der Mann fängt bloss an, die Schrift zu entziffern, er spitzt den Mund, als horche er. Sie haben gesehen, es ist nicht leicht, die Schrift mit den Augen zu entziffern; unser Mann ⌜entziffert sie aber mit seinen Wunden⌝. Es ist allerdings viel Arbeit; er braucht sechs Stunden zu ihrer Vollendung. Dann aber spiesst ihn die Egge vollständig auf und wirft ihn in die Grube, wo er auf das Blutwasser und die Watte niederklatscht*. Dann ist das Gericht zu Ende, und wir, ich und der Soldat, ⌜scharren ihn ein⌝.«

Vgl. die Erl. zu 27.1

Der Reisende hatte das Ohr zum Offizier geneigt und sah, die Hände in den Rocktaschen, der Arbeit der Maschine zu. Auch der Verurteilte sah ihr zu, aber ⌜ohne Verständnis⌝. Er bückte sich ein wenig und verfolgte die schwankenden Nadeln, als ihm der Soldat, auf ein Zeichen des Offiziers, mit einem Messer hinten Hemd und Hose durchschnitt, so dass sie von dem Verurteilten abfielen; er wollte nach dem fallenden Zeug greifen, um seine Blösse zu bedecken, aber der Soldat hob ihn in die Höhe und schüttelte die letzten Fetzen von ihm ab. Der Offizier stellte die Maschine ein, und in der jetzt eintretenden Stille wurde der Verurteilte unter die Egge gelegt. Die Ketten wurden gelöst, und statt dessen die Riemen befestigt; es schien für den Verurteilten im ersten Augenblick fast eine Erleichterung zu bedeuten. Und nun senkte sich die Egge noch ein Stück tiefer, denn es war ein magerer Mann. Als ihn die Spitzen berührten, ging ein Schauer über seine Haut; er streckte, während der Soldat mit seiner rechten Hand beschäftigt war, die linke aus, ohne zu wissen wohin; es war aber die Richtung, wo der Reisende stand. Der Offizier sah ununterbrochen den Reisenden von der Seite an, als suche er von seinem Gesicht den Eindruck abzulesen, den die Exekution, die er ihm nun wenigstens oberflächlich erklärt hatte, auf ihn mache.

Der Riemen, der für das Handgelenk bestimmt war, riss; wahrscheinlich hatte ihn der Soldat zu stark angezogen. Der Offizier sollte helfen, der Soldat zeigte ihm das abgerissene Riemenstück. Der Offizier ging auch zu ihm hinüber und sagte, das Gesicht dem Reisenden zugewendet: »Die Maschine ist ⌜sehr zusammengesetzt⌝, es muss hie und da etwas reissen oder brechen; dadurch darf man sich aber im Gesamturteil nicht beirren lassen. Für den Riemen ist übrigens sofort Ersatz geschafft; ich werde eine Kette verwenden; die Zartheit der Schwingung wird dadurch für den rechten Arm allerdings beeinträchtigt.« Und während er die Ketten anlegte, sagte er noch: »Die Mittel zur Erhaltung der Maschine sind jetzt sehr eingeschränkt. Unter dem früheren Kommandanten war eine mir frei zugängliche Kassa nur für diesen Zweck bestimmt. Es gab hier ein Magazin*, in dem alle möglichen Ersatzstücke aufbewahrt wurden. Ich gestehe, ich trieb damit fast Verschwendung, ich meine früher, nicht jetzt, wie der neue Kommandant behauptet, dem alles nur zum Vorwand dient, alte Einrichtungen zu bekämpfen. Jetzt hat er die Maschinenkassa in eigener Verwaltung, und schicke ich um einen neuen Rie-

Lagerhaus, Vorratsraum

men, wird der zerrissene als Beweisstück verlangt, der neue kommt erst in zehn Tagen, ist dann aber von schlechterer Sorte und taugt nicht viel. ⌜Wie ich aber in der Zwischenzeit ohne Riemen die Maschine betreiben soll, darum kümmert sich niemand⌝.«

Der Reisende überlegte: ⌜Es ist immer bedenklich, in fremde Verhältnisse entscheidend einzugreifen⌝. Er war weder Bürger der Strafkolonie, noch Bürger des Staates, dem sie angehörte. Wenn er diese Exekution verurteilen oder gar hintertreiben wollte, konnte man ihm sagen: Du bist ein Fremder, sei still. Darauf hätte er nichts erwidern, sondern nur hinzufügen können, dass er sich in diesem Falle selbst nicht begreife, denn er reise nur mit der Absicht, zu sehen, und keineswegs etwa, um fremde Gerichtsverfassungen zu ändern. Nun lagen aber hier die Dinge allerdings sehr verführerisch. ⌜Die Ungerechtigkeit des Verfahrens und die Unmenschlichkeit der Exekution war zweifellos⌝. Niemand konnte irgendeine Eigennützigkeit des Reisenden annehmen, denn der Verurteilte war ihm fremd, kein Landsmann und ein zum Mitleid gar nicht auffordernder Mensch. Der Reisende selbst hatte Empfehlungen hoher Ämter, war hier mit grosser Höflichkeit empfangen worden, und dass er zu dieser Exekution eingeladen worden war, schien sogar darauf hinzudeuten, dass man sein Urteil über dieses Gericht verlangte. Dies war aber um so wahrscheinlicher, als der Kommandant, wie er jetzt überdeutlich gehört hatte, kein Anhänger dieses Verfahrens war und sich gegenüber dem Offizier fast feindselig verhielt.

Da hörte der Reisende einen Wutschrei des Offiziers. Er hatte gerade, nicht ohne Mühe, dem Verurteilten den Filzstumpf in den Mund geschoben, als der Verurteilte in einem unwiderstehlichen Brechreiz die Augen schloss und sich erbrach. Eilig riss ihn der Offizier vom Stumpf in die Höhe und wollte den Kopf zur Grube hindrehen; aber es war zu spät, der Unrat floss schon an der Maschine hinab. »Alles Schuld des Kommandanten!« schrie der Offizier und rüttelte besinnungslos vorn an den Messingstangen, »die Maschine wird mir verunreinigt wie ein Stall.« Er zeigte mit zitternden Händen dem Reisenden, was geschehen war. »Habe ich nicht stundenlang dem Kommandanten begreiflich zu machen gesucht, dass ⌜einen Tag vor der Exekution⌝ kein Essen mehr verabfolgt werden soll. Aber die neue milde Richtung ist anderer Meinung. Die Damen des Kommandanten stopfen dem Mann, ehe er abgeführt wird, den Hals mit Zuckersachen voll. Sein ganzes Leben hat er sich von stinkenden Fischen genährt und muss jetzt Zuckersachen essen! Aber es wäre ja möglich, ich würde nichts einwenden, aber warum schafft man nicht einen neuen Filz an, wie ich ihn seit einem Vierteljahr erbitte. Wie kann man ohne Ekel diesen Filz in den Mund nehmen, an dem mehr als hundert Männer im Sterben gesaugt und gebissen haben?«

Der Verurteilte hatte den Kopf niedergelegt und sah friedlich aus, der Soldat war damit beschäftigt, mit dem Hemd des Verurteilten die Maschine zu putzen. Der Offizier ging zum Reisenden, der in irgendeiner Ahnung einen Schritt zurücktrat, aber der Offizier fasste ihn bei der Hand und zog ihn zur Seite. »Ich will einige Worte im Vertrauen mit Ihnen sprechen«, sagte er, »ich darf das doch?« »Gewiss«, sagte der Reisende und hörte mit gesenkten Augen zu.

»Dieses Verfahren und diese Hinrichtung, die Sie jetzt zu bewundern Gelegenheit haben, hat gegenwärtig in unserer Kolonie keinen offenen Anhänger mehr. Ich bin ihr einziger Vertreter, gleichzeitig der einzige Vertreter des Erbes des alten Kommandanten. An einen weiteren Ausbau des Verfahrens kann ich nicht mehr denken, ich verbrauche alle meine Kräfte, um zu erhalten, was vorhanden ist. Als der alte Kommandant lebte, war die Kolonie von seinen Anhängern voll; die Überzeugungskraft des alten Kommandanten habe ich zum Teil, aber seine Macht fehlt mir ganz; infolgedessen haben sich die Anhänger verkrochen, es gibt noch viele, aber keiner gesteht es ein. Wenn Sie heute, also an einem Hinrichtungstag, ⌜ins Teehaus gehen⌝ und herumhorchen, werden Sie vielleicht nur zweideutige Äusserungen hören. Das sind lauter Anhänger, aber unter dem gegenwärtigen Kommandanten und bei seinen gegenwärtigen Anschauungen für mich ganz unbrauchbar. Und nun frage ich Sie: Soll wegen dieses Kommandanten und seiner Frauen, die ihn beeinflussen, ein solches Lebenswerk« – er zeigte auf die Maschine – »zugrunde gehen? Darf man das zulassen? Selbst wenn man nur als Fremder ein paar Tage auf unserer Insel ist? Es ist aber keine Zeit zu verlieren, man bereitet schon etwas gegen meine Gerichtsbarkeit vor; es finden schon Beratungen in der Kommandatur* statt, zu denen ich nicht zugezogen werde; sogar Ihr heutiger Besuch scheint mir für die ganze Lage bezeichnend; man ist feig und schickt Sie, einen Fremden, vor. – Wie war die Exekution anders in früherer Zeit! Schon einen Tag vor der Hinrichtung war das ganze Tal von Menschen überfüllt; alle kamen nur um zu sehen; früh am Morgen erschien der Kommandant mit seinen Damen; Fanfaren weckten den ganzen Lagerplatz; ich erstattete die Meldung, dass alles vorbereitet sei; die Gesellschaft – kein hoher Beamte durfte fehlen – ordnete sich um die Maschine; dieser Haufen Rohrsessel ist ein armseliges Überbleibsel aus jener Zeit. Die Maschine glänzte frisch geputzt, fast zu jeder Exekution nahm ich neue Ersatzstücke. Vor hunderten Augen – alle Zuschauer standen auf den Fussspitzen bis dort zu den Anhöhen – wurde der Verurteilte vom Kommandanten selbst unter die Egge gelegt. Was heute ein gemeiner Soldat tun darf, war damals meine, des ⌜Gerichtspräsidenten⌝, Arbeit und ehrte mich. Und nun begann die Exekution! Kein Misston störte die Arbeit der Maschine. Manche sahen nun gar nicht mehr zu, sondern lagen mit

Fälschlich für »Kommandantur«: Dienstgebäude eines Kommandanten

geschlossenen Augen im Sand; alle wussten: Jetzt geschieht Gerechtigkeit. In der Stille hörte man nur das Seufzen des Verurteilten, gedämpft durch den Filz. Heute gelingt es der Maschine nicht mehr, dem Verurteilten ein stärkeres Seufzen auszupressen, als der Filz noch ersticken kann; damals aber tropften die schreibenden Nadeln eine beizende* Flüssigkeit aus, die heute nicht mehr verwendet werden darf. Nun, und dann kam die sechste Stunde! Es war unmöglich, allen die Bitte, aus der Nähe zuschauen zu dürfen, zu gewähren. Der Kommandant in seiner Einsicht ordnete an, dass ⌜vor allem die Kinder⌝ berücksichtigt werden sollten; ich allerdings durfte kraft meines Berufes immer dabeistehen; oft hockte ich dort, zwei kleine Kinder rechts und links in meinen Armen. ⌜Wie nahmen wir alle den Ausdruck der Verklärung von dem gemarterten* Gesicht, wie hielten wir unsere Wangen in den Schein dieser endlich erreichten und schon vergehenden Gerechtigkeit!⌝ Was für Zeiten, mein Kamerad!« Der Offizier hatte offenbar vergessen, wer vor ihm stand; er hatte den Reisenden umarmt und den Kopf auf seine Schulter gelegt. ⌜Der Reisende war in grosser Verlegenheit⌝, ungeduldig sah er über den Offizier hinweg. Der Soldat hatte die Reinigungsarbeit beendet und jetzt noch aus einer Büchse Reisbrei in den Napf geschüttet. Kaum merkte dies der Verurteilte, der sich schon vollständig erholt zu haben schien, als er mit der Zunge nach dem Brei zu schnappen begann. Der Soldat stiess ihn immer wieder weg, denn der Brei war wohl für eine spätere Zeit bestimmt, aber ungehörig war es jedenfalls auch, dass der Soldat mit seinen schmutzigen Händen hineingriff und vor dem gierigen Verurteilten davon ass.

Der Offizier fasste sich schnell. »Ich wollte Sie nicht etwa ⌜rühren⌝«, sagte er, »ich weiss, es ist unmöglich, jene Zeiten heute begreiflich zu machen. Im übrigen arbeitet die Maschine noch und wirkt für sich. Sie wirkt für sich, auch wenn sie allein in diesem Tal steht. Und die Leiche fällt zum

Hier: »zum Beißen bringende«, ätzende

Vom Ausdruck großen Leides gezeichnet; von: Martyrium: qualvoller Opfertod insb. christlicher »Märtyrer« (griech.: »Zeugen«) für ihren Glauben

Schluss noch immer in dem ⌜unbegreiflich sanften Flug⌝ in die Grube, auch wenn nicht, wie damals, Hunderte wie Fliegen um die Grube sich versammeln. Damals mussten wir ein starkes Geländer um die Grube anbringen, es ist längst weggerissen.«

Der Reisende wollte sein Gesicht dem Offizier entziehen und blickte ziellos herum. Der Offizier glaubte, er betrachte die Öde des Tales; er ergriff deshalb seine Hände, drehte sich um ihn, um seine Blicke zu erfassen, und fragte: »Merken Sie die Schande?«

Aber der Reisende schwieg. Der Offizier liess für ein Weilchen von ihm ab; mit auseinandergestellten Beinen, die Hände in den Hüften, stand er still und blickte zu Boden. Dann lächelte er dem Reisenden aufmunternd zu und sagte: »Ich war gestern in Ihrer Nähe, als der Kommandant Sie einlud. Ich hörte die Einladung. Ich kenne den Kommandanten. Ich verstand sofort, was er mit der Einladung bezweckte. Trotzdem* seine Macht gross genug wäre, um gegen mich einzuschreiten, wagt er es noch nicht, wohl aber will er mich Ihrem, dem Urteil eines angesehenen Fremden aussetzen. Seine Berechnung ist sorgfältig; Sie sind den zweiten Tag auf der Insel, Sie kannten den alten Kommandanten und seinen Gedankenkreis nicht, Sie sind in europäischen Anschauungen befangen, vielleicht sind Sie ein grundsätzlicher Gegner der Todesstrafe im allgemeinen und einer derartigen maschinellen Hinrichtungsart im besonderen, Sie sehen überdies, wie die Hinrichtung ohne öffentliche Anteilnahme, traurig, auf einer bereits etwas beschädigten Maschine vor sich geht – wäre es nun, alles dieses zusammengenommen (so denkt der Kommandant), nicht sehr leicht möglich, dass Sie mein Verfahren nicht für richtig halten? Und wenn Sie es nicht für richtig halten, werden Sie dies (ich rede noch immer im Sinne des Kommandanten) nicht verschweigen, denn Sie vertrauen doch gewiss Ihren vielerprobten Überzeugungen. Sie haben

Bei Kafka oft als Konjunktion statt »obwohl«

allerdings viele Eigentümlichkeiten vieler Völker gesehen und achten gelernt, Sie werden daher wahrscheinlich sich nicht mit ganzer Kraft, wie Sie es vielleicht in Ihrer Heimat tun würden, gegen das Verfahren aussprechen. Aber dessen bedarf der Kommandant gar nicht. Ein flüchtiges, ein bloss unvorsichtiges Wort genügt. Es muss gar nicht Ihrer Überzeugung entsprechen, wenn es nur scheinbar seinem Wunsche entgegenkommt. Dass er Sie mit aller Schlauheit ausfragen wird, dessen bin ich gewiss. Und seine Damen werden im Kreis herumsitzen und die Ohren spitzen; Sie werden etwa sagen: ›Bei uns ist das Gerichtsverfahren ein anderes‹, oder ›Bei uns wird der Angeklagte vor dem Urteil verhört‹, oder ›Bei uns erfährt der Verurteilte das Urteil‹, oder ›Bei uns gibt es auch andere Strafen als Todesstrafen‹, oder ›Bei uns gab es Folterungen nur im Mittelalter‹. Das alles sind Bemerkungen, die ebenso richtig sind, als sie Ihnen selbstverständlich erscheinen, unschuldige Bemerkungen, die mein Verfahren nicht antasten. Aber wie wird sie der Kommandant aufnehmen? Ich sehe ihn, den guten Kommandanten, wie er sofort den Stuhl beiseite schiebt und auf den ⌜Balkon⌝ eilt, ich sehe seine Damen, wie sie ihm nachströmen, ich höre seine Stimme – die Damen nennen sie eine Donnerstimme –, nun, und er spricht: ›Ein ⌜grosser Forscher des Abendlandes⌝, dazu bestimmt, das Gerichtsverfahren in allen Ländern zu überprüfen, hat eben gesagt, dass unser Verfahren nach altem Brauch ein unmenschliches ist. Nach diesem Urteil einer solchen Persönlichkeit ist es mir natürlich nicht mehr möglich, dieses Verfahren zu dulden. Mit dem heutigen Tage also ordne ich an – usw.‹ Sie wollen eingreifen, Sie haben nicht das gesagt, was er verkündet, Sie haben mein Verfahren nicht unmenschlich genannt, im Gegenteil, Ihrer tiefen Einsicht entsprechend halten Sie es für das menschlichste und menschenwürdigste, Sie bewundern auch diese Maschinerie – aber es ist zu spät; Sie kommen gar nicht auf den Balkon, der schon voll

Damen ist; Sie wollen sich bemerkbar machen; Sie wollen schreien; aber eine Damenhand hält Ihnen den Mund zu – und ich und das Werk des alten Kommandanten sind verloren.«

Der Reisende musste ein Lächeln unterdrücken; so leicht war also die Aufgabe, die er für so schwer gehalten hatte. Er sagte ausweichend: »Sie überschätzen meinen Einfluss; der Kommandant hat mein Empfehlungsschreiben gelesen, er weiss, dass ich kein Kenner der gerichtlichen Verfahren bin. Wenn ich eine Meinung aussprechen würde, so wäre es die Meinung eines Privatmannes, um nichts bedeutender als die Meinung eines beliebigen anderen, und jedenfalls viel bedeutungsloser als die Meinung des Kommandanten, der in dieser Strafkolonie, wie ich zu wissen glaube, sehr ausgedehnte Rechte hat. Ist seine Meinung über dieses Verfahren eine so bestimmte, wie Sie glauben, dann, fürchte ich, ist allerdings das Ende dieses Verfahrens gekommen, ohne dass es meiner bescheidenen Mithilfe bedürfte.«

⸢Begriff es schon der Offizier?⸣ Nein, er begriff noch nicht. Er schüttelte lebhaft den Kopf, sah kurz nach dem Verurteilten und dem Soldaten zurück, die zusammenzuckten und vom Reis abliessen, ging ganz nahe an den Reisenden heran, blickte ihm nicht ins Gesicht, sondern irgendwohin auf seinen Rock und sagte leiser als früher: »Sie kennen den Kommandanten nicht; Sie stehen ihm und uns allen – verzeihen Sie den Ausdruck – gewissermassen harmlos gegenüber; Ihr Einfluss, glauben Sie mir, kann nicht hoch genug eingeschätzt werden. Ich war ja glückselig, als ich hörte, dass Sie allein der Exekution beiwohnen sollten. Diese Anordnung des Kommandanten sollte mich treffen, nun aber wende ich sie zu meinen Gunsten. Unabgelenkt von falschen Einflüsterungen und verächtlichen Blicken – wie sie bei grösserer Teilnahme an der Exekution nicht hätten vermieden werden können – haben Sie meine Erklärungen angehört, die Maschine gesehen und sind nun im Begriffe, die

Exekution zu besichtigen. Ihr Urteil steht gewiss schon fest; sollten noch kleine Unsicherheiten bestehen, so wird sie der Anblick der Exekution beseitigen. Und nun stelle ich an Sie die Bitte: helfen Sie mir gegenüber dem Kommandanten!«
Der Reisende liess ihn nicht weiter reden. »Wie könnte ich denn das«, rief er aus, »das ist ganz unmöglich. Ich kann Ihnen ebensowenig nützen als ich Ihnen schaden kann.«
»Sie können es«, sagte der Offizier. Mit einiger Befürchtung sah der Reisende, dass der Offizier die Fäuste ballte. »Sie können es«, wiederholte der Offizier noch dringender. »Ich habe einen Plan, der gelingen muss. Sie glauben, Ihr Einfluss genüge nicht. Ich weiss, dass er genügt. Aber zugestanden, dass Sie recht haben, ist es denn nicht notwendig, zur Erhaltung dieses Verfahrens alles, selbst das möglicherweise Unzureichende zu versuchen? Hören Sie also meinen Plan. Zu seiner Ausführung ist es vor allem nötig, dass Sie* heute in der Kolonie mit Ihrem Urteil über das Verfahren möglichst zurückhalten. Wenn man Sie nicht geradezu fragt, dürfen Sie sich keinesfalls äussern; Ihre Äusserungen aber müssen kurz und unbestimmt sein; man soll merken, dass es Ihnen schwer wird, darüber zu sprechen, dass Sie verbittert sind, dass Sie, falls Sie offen reden sollten, geradezu in Verwünschungen ausbrechen müssten. Ich verlange nicht, dass Sie lügen sollen; keineswegs; Sie sollen nur kurz antworten, etwa: ›Ja, ich habe die Exekution gesehen‹, oder ›Ja, ich habe alle Erklärungen gehört‹. Nur das, nichts weiter. Für die Verbitterung, die man Ihnen anmerken soll, ist ja genügend Anlass, ⌜wenn auch nicht im Sinne des Kommandanten. Er natürlich wird es vollständig missverstehen und in seinem Sinne deuten. Darauf gründet sich mein Plan⌝. Morgen findet in der Kommandatur unter dem Vorsitz des Kommandanten eine grosse Sitzung aller höheren Verwaltungsbeamten statt. Der Kommandant hat es natürlich verstanden, aus solchen Sitzungen eine Schaustellung zu machen. Es wurde eine Galerie* gebaut, die mit

* Ergänze: sich

* Hier: oberster Rang in einem Theater

Zuschauern immer besetzt ist. Ich bin gezwungen, an den Beratungen teilzunehmen, aber der Widerwille schüttelt mich. Nun werden Sie gewiss auf jeden Fall zu der Sitzung eingeladen werden; wenn Sie sich heute meinem Plane gemäss verhalten, wird die Einladung zu einer dringenden Bitte werden. Sollten Sie aber aus irgendeinem unerfindlichen Grunde doch nicht eingeladen werden, so müssten Sie allerdings die Einladung verlangen; dass Sie sie dann erhalten, ist zweifellos. Nun sitzen Sie also morgen mit den Damen in der Loge* des Kommandanten. Er versichert sich öfters durch Blicke nach oben, dass Sie da sind. Nach verschiedenen gleichgültigen, lächerlichen, nur für die Zuhörer berechneten Verhandlungsgegenständen – ⌜meistens sind es Hafenbauten, immer wieder Hafenbauten!⌝ – kommt auch das Gerichtsverfahren zur Sprache. Sollte es von seiten des Kommandanten nicht oder nicht bald genug geschehen, so werde ich dafür sorgen, dass es geschieht. Ich werde aufstehen und die Meldung von der heutigen Exekution erstatten. Ganz kurz, nur diese Meldung. Eine solche Meldung ist zwar dort nicht üblich, aber ich tue es doch. Der Kommandant dankt mir, wie immer, mit freundlichem Lächeln und nun, er kann sich nicht zurückhalten, erfasst er die gute Gelegenheit. ›Es wurde eben‹, so oder ähnlich wird er sprechen, ›die Meldung von der Exekution erstattet. Ich möchte dieser Meldung nur hinzufügen, dass gerade dieser Exekution der grosse Forscher beigewohnt hat, von dessen unsere Kolonie so ausserordentlich ehrendem Besuch Sie alle wissen. Auch unsere heutige Sitzung ist durch seine Anwesenheit in ihrer Bedeutung erhöht. Wollen wir nun nicht an diesen grossen Forscher die Frage richten, wie er die Exekution nach altem Brauch und das Verfahren, das ihr vorhergeht, beurteilt?‹ Natürlich überall Beifallklatschen, allgemeine Zustimmung, ich bin der lauteste. Der Kommandant verbeugt sich vor Ihnen und sagt: ›Dann stelle ich im Namen aller die Frage.‹ Und

Separater Zuschauerplatz für mehrere Personen in Bühnennähe

nun treten Sie an die Brüstung. Legen Sie die Hände für alle sichtbar hin, ⌜sonst fassen sie die Damen und spielen mit den Fingern⌝. – Und jetzt kommt endlich Ihr Wort. Ich weiss nicht, wie ich die Spannung der Stunden bis dahin ertragen werde. In Ihrer Rede müssen Sie sich keine Schranken setzen, machen Sie mit der Wahrheit Lärm, beugen Sie sich über die Brüstung, brüllen Sie, aber ja, brüllen Sie dem Kommandanten Ihre Meinung, Ihre unerschütterliche Meinung zu. Aber vielleicht wollen Sie das nicht, es entspricht nicht Ihrem Charakter, in Ihrer Heimat verhält man sich vielleicht in solchen Lagen anders, auch das ist richtig, auch das genügt vollkommen, stehen Sie gar nicht auf, sagen Sie nur ein paar Worte, flüstern Sie sie, dass sie gerade noch die Beamten unter Ihnen hören, es genügt, Sie müssen gar nicht selbst von der mangelnden Teilnahme an der Exekution, von dem kreischenden Rad, dem zerrissenen Riemen, dem widerlichen Filz reden, nein, alles weitere übernehme ich, und glauben Sie, wenn meine Rede ihn nicht aus dem Saale jagt, so wird sie ihn auf die Knie zwingen, dass er bekennen muss: Alter Kommandant, vor dir beuge ich mich. – Das ist mein Plan; wollen Sie mir zu seiner Ausführung helfen? Aber natürlich wollen Sie, mehr als das, Sie müssen.« Und der Offizier fasste den Reisenden an beiden Armen und sah ihm schweratmend ins Gesicht. Die letzten Sätze hatte er so geschrien, dass selbst der Soldat und der Verurteilte aufmerksam geworden waren; trotzdem sie nichts verstehen konnten, hielten sie doch im Essen inne und sahen kauend zum Reisenden hinüber.

Die Antwort, die er zu geben hatte, war für den Reisenden von allem Anfang an zweifellos; er hatte in seinem Leben zu viel erfahren, als dass er hier hätte schwanken können; er war im Grunde ehrlich und hatte keine Furcht. Trotzdem zögerte er jetzt im Anblick des Soldaten und des Verurteilten einen Atemzug lang. Schliesslich aber sagte er, wie er musste: »Nein.« Der Offizier blinzelte mehrmals mit den

Augen, liess aber keinen Blick von ihm. »Wollen Sie eine Erklärung?« fragte der Reisende. Der Offizier nickte stumm. »Ich bin ein Gegner dieses Verfahrens«, sagte nun der Reisende, »noch ehe Sie mich ins Vertrauen zogen – dieses Vertrauen werde ich natürlich unter keinen Umständen missbrauchen – habe ich schon überlegt, ob ich berechtigt wäre, gegen dieses Verfahren einzuschreiten und ob mein Einschreiten auch nur eine kleine Aussicht auf Erfolg haben könnte. An wen ich mich dabei zuerst wenden müsste, war mir klar: an den Kommandanten natürlich. Sie haben es mir noch klarer gemacht, ohne aber etwa meinen Entschluss erst befestigt zu haben, im Gegenteil, Ihre ehrliche Überzeugung geht mir nahe, wenn sie mich auch nicht beirren kann.«

Der Offizier blieb stumm, wendete sich der Maschine zu, fasste eine der Messingstangen und sah dann, ein wenig zurückgebeugt, zum Zeichner hinauf, als prüfe er, ob alles in Ordnung sei. ⌜Der Soldat und der Verurteilte schienen sich miteinander befreundet zu haben⌝; der Verurteilte machte, so schwierig dies bei der festen Einschnallung durchzuführen war, dem Soldaten Zeichen; der Soldat beugte sich zu ihm; der Verurteilte flüsterte ihm etwas zu, und der Soldat nickte.

Der Reisende ging dem Offizier nach und sagte: »Sie wissen noch nicht, was ich tun will. Ich werde meine Ansicht über das Verfahren dem Kommandanten zwar sagen, aber nicht in einer Sitzung, sondern unter vier Augen; ich werde auch nicht so lange hier bleiben, dass ich irgendeiner Sitzung beigezogen werden könnte; ich fahre schon morgen früh weg oder schiffe mich wenigstens ein.« Es sah nicht aus, als ob der Offizier zugehört hätte. »Das Verfahren hat Sie also nicht überzeugt«, sagte er für sich und lächelte, wie ein Alter über den Unsinn eines Kindes lächelt und hinter dem Lächeln sein eigenes wirkliches Nachdenken behält. ⌜»Dann ist es also Zeit«⌝, sagte er schliesslich und blickte plötzlich mit hellen Augen, die irgendeine Aufforderung, irgendeinen Aufruf zur Beteiligung enthielten, den Reisenden an.

»Wozu ist es Zeit?« fragte der Reisende unruhig, bekam aber keine Antwort.

»Du bist frei«, sagte der Offizier zum Verurteilten in dessen Sprache. Dieser glaubte es zuerst nicht. »Nun, frei bist du«, sagte der Offizier. Zum erstenmal bekam das Gesicht des Verurteilten wirkliches Leben. War es Wahrheit? War es nur eine Laune des Offiziers, die vorübergehen konnte? Hatte der fremde Reisende ihm Gnade erwirkt? Was war es? So schien sein Gesicht zu fragen. Aber nicht lange. Was immer es sein mochte, er wollte, wenn er durfte, wirklich frei sein und er begann sich zu rütteln, soweit es die Egge erlaubte.

»Du zerreisst mir die Riemen«, schrie der Offizier, »sei ruhig! Wir öffnen sie schon.« Und er machte sich mit dem Soldaten, dem er ein Zeichen gab, an die Arbeit. Der Verurteilte lachte ohne Worte leise vor sich hin, bald wendete er das Gesicht links zum Offizier, bald rechts zum Soldaten, auch den Reisenden vergass er nicht.

»Zieh ihn heraus«, befahl der Offizier dem Soldaten. Es musste hiebei wegen der Egge einige Vorsicht angewendet werden. Der Verurteilte hatte schon infolge seiner Ungeduld einige kleine Risswunden auf dem Rücken. Von jetzt ab kümmerte sich aber der Offizier kaum mehr um ihn. Er ging auf den Reisenden zu, zog wieder die kleine Ledermappe hervor, blätterte in ihr, fand schliesslich das Blatt, das er suchte, und zeigte es dem Reisenden. »Lesen Sie«, sagte er. »Ich kann nicht«, sagte der Reisende, »ich sagte schon, ich kann diese Blätter nicht lesen.« »Sehen Sie das Blatt doch genau an«, sagte der Offizier und trat neben den Reisenden, um mit ihm zu lesen. Als auch das nichts half, fuhr er mit dem kleinen Finger in grosser Höhe, als dürfe das Blatt auf keinen Fall berührt werden, über das Papier

hin, um auf diese Weise dem Reisenden das Lesen zu erleichtern. Der Reisende gab sich auch Mühe, um wenigstens darin dem Offizier gefällig sein zu können, aber es war ihm unmöglich. Nun begann der Offizier die Aufschrift zu buchstabieren und dann las er sie noch einmal im Zusammenhang. »⌜›Sei gerecht!‹⌝ – heisst es«, sagte er, »jetzt können Sie es doch lesen.« Der Reisende beugte sich so tief über das Papier, dass der Offizier aus Angst vor einer Berührung es weiter entfernte; nun sagte der Reisende zwar nichts mehr, aber es war klar, dass er es noch immer nicht hatte lesen können. »›Sei gerecht!‹ – heisst es«, sagte der Offizier nochmals. »Mag sein«, sagte der Reisende, »ich glaube es, dass es dort steht.« »Nun gut«, sagte der Offizier, wenigstens teilweise befriedigt, und stieg mit dem Blatt auf die Leiter; er bettete das Blatt mit grosser Vorsicht im Zeichner und ⌜ordnete das Räderwerk scheinbar gänzlich um; es war eine sehr mühselige Arbeit⌝, es musste sich auch um ganz kleine Räder handeln, manchmal verschwand der Kopf des Offiziers völlig im Zeichner, so genau musste er das Räderwerk untersuchen.
Der Reisende verfolgte von unten diese Arbeit ununterbrochen, der Hals wurde ihm steif, und die Augen schmerzten ihn von dem mit Sonnenlicht überschütteten Himmel. Der Soldat und der Verurteilte waren nur miteinander beschäftigt. Das Hemd und die Hose des Verurteilten, die schon in der Grube lagen, wurden vom Soldaten mit der Bajonettspitze* herausgezogen. Das Hemd war entsetzlich schmutzig, und der Verurteilte wusch es in dem Wasserkübel. Als er dann Hemd und Hose anzog, musste der Soldat wie der Verurteilte laut lachen, denn die Kleidungsstücke waren doch hinten entzweigeschnitten. Vielleicht glaubte der Verurteilte, verpflichtet zu sein, den Soldaten zu unterhalten, er drehte sich in der zerschnittenen Kleidung im Kreise vor dem Soldaten, der auf dem Boden hockte und lachend auf seine Knie schlug. Immerhin be-

Bajonett: auf den Gewehrlauf aufgepflanzte und diesen überragende Stoß- und Stichwaffe

zwangen sie sich noch mit Rücksicht auf die Anwesenheit der Herren.

Als der Offizier oben endlich fertiggeworden war, überblickte er noch einmal lächelnd das Ganze in allen seinen Teilen, ⌜schlug diesmal den Deckel des Zeichners zu, der bisher offen gewesen war⌝, stieg hinunter, sah in die Grube und dann auf den Verurteilten, merkte befriedigt, dass dieser seine Kleidung herausgenommen hatte, ging dann zu dem Wasserkübel, um die Hände zu waschen, erkannte zu spät den widerlichen Schmutz, war traurig darüber, dass er nun die Hände nicht waschen konnte, tauchte sie schliesslich – dieser Ersatz genügte ihm nicht, aber er musste sich fügen – in den Sand, stand dann auf und begann seinen Uniformrock aufzuknöpfen. Hiebei fielen ihm zunächst die zwei Damentaschentücher, die er hinter den Kragen gezwängt hatte, in die Hände. »Hier hast du deine Taschentücher«, sagte er und warf sie dem Verurteilten zu. Und zum Reisenden sagte er erklärend: ⌜»Geschenke der Damen«.⌝

Trotz der offenbaren Eile, mit der er den Uniformrock auszog und sich dann vollständig entkleidete, behandelte er doch jedes Kleidungsstück sehr sorgfältig, über die Silberschnüre an seinem Waffenrock* strich er sogar eigens mit den Fingern hin und schüttelte eine Troddel* zurecht. Wenig passte es allerdings zu dieser Sorgfalt, dass er, sobald er mit der Behandlung eines Stückes fertig war, es dann sofort mit einem unwilligen Ruck in die Grube warf. Das letzte, was ihm übrig blieb, war sein kurzer Degen mit dem Tragriemen. Er zog den Degen aus der Scheide, zerbrach ihn, fasste dann alles zusammen, die Degenstücke, die Scheide und den Riemen und warf es so heftig weg, dass es unten in der Grube aneinander klang.

Nun stand er nackt da. Der Reisende biss sich auf die Lippen und sagte nichts. Er wusste zwar, was geschehen würde, aber er hatte kein Recht, den Offizier an irgend

Uniformjacke

Kurzfransige Quaste, Fransenbündel

etwas zu hindern. War das Gerichtsverfahren, an dem der Offizier hing, wirklich so nahe daran, behoben zu werden – möglicherweise infolge des Einschreitens des Reisenden, zu dem sich dieser seinerseits verpflichtet fühlte – dann handelte jetzt der Offizier vollständig richtig; der Reisende hätte an seiner Stelle nicht anders gehandelt.
Der Soldat und der Verurteilte verstanden zuerst nichts, sie sahen anfangs nicht einmal zu. Der Verurteilte war sehr erfreut darüber, die Taschentücher zurückerhalten zu haben, aber er durfte sich nicht lange an ihnen freuen, denn der Soldat nahm sie ihm mit einem raschen, nicht vorherzusehenden Griff. Nun versuchte wieder der Verurteilte, dem Soldaten die Tücher hinter dem Gürtel, hinter dem er sie verwahrt hatte, hervorzuziehen, aber der Soldat war wachsam. So stritten sie in halbem Scherz. Erst als der Offizier vollständig nackt war, wurden sie aufmerksam. Besonders der Verurteilte schien von der Ahnung irgendeines grossen Umschwungs getroffen zu sein. Was ihm geschehen war, geschah nun dem Offizier. Vielleicht würde es so bis zum Äussersten gehen. Wahrscheinlich hatte der fremde Reisende den Befehl dazu gegeben. ⌜Das war also Rache. Ohne selbst bis zum Ende gelitten zu haben, wurde er doch bis zum Ende gerächt⌝. Ein breites, lautloses Lachen erschien nun auf seinem Gesicht und verschwand nicht mehr.
Der Offizier aber hatte sich der Maschine zugewendet. Wenn es schon früher deutlich gewesen war, dass er die Maschine gut verstand, so konnte es jetzt einen fast bestürzt machen, wie er mit ihr umging und wie sie gehorchte. Er hatte die Hand der Egge nur genähert, und sie hob und senkte sich mehrmals, bis sie die richtige Lage erreicht hatte, um ihn zu ⌜empfangen⌝; er fasste das Bett nur am Rande, und es fing schon zu zittern an; der Filzstumpf kam seinem Mund entgegen, man sah, wie der Offizier ihn eigentlich nicht haben wollte, aber das Zögern dauerte nur

einen Augenblick, gleich fügte er sich und nahm ihn auf. Alles war bereit, nur die Riemen hingen noch an den Seiten herunter, aber sie waren offenbar unnötig, der Offizier musste nicht angeschnallt sein. Da bemerkte der Verurteilte die losen Riemen, seiner Meinung nach war die Exekution nicht vollkommen, wenn die Riemen nicht festgeschnallt waren, er winkte eifrig dem Soldaten, und sie liefen hin, den Offizier anzuschnallen. Dieser hatte schon den einen Fuss ausgestreckt, um in die Kurbel zu stossen, die den Zeichner in Gang bringen sollte; da sah er, dass die zwei gekommen waren; er zog daher den Fuss zurück und liess sich anschnallen. Nun konnte er allerdings die Kurbel nicht mehr erreichen; weder der Soldat noch der Verurteilte würden sie auffinden, und der Reisende war entschlossen, sich nicht zu rühren. Es war nicht nötig; kaum waren die Riemen angebracht, fing auch schon die Maschine zu arbeiten an; das Bett zitterte, die Nadeln tanzten auf der Haut, die Egge schwebte auf und ab. Der Reisende hatte schon eine Weile hingestarrt, ehe er sich erinnerte, dass ein Rad im Zeichner hätte kreischen sollen; aber alles war still, nicht das geringste Surren war zu hören.
Durch diese stille Arbeit entschwand die Maschine förmlich der Aufmerksamkeit. Der Reisende sah zu dem Soldaten und dem Verurteilten hinüber. ⌜Der Verurteilte war der lebhaftere, alles an der Maschine interessierte ihn, bald beugte er sich nieder, bald streckte er sich, immerfort hatte er den Zeigefinger ausgestreckt, um dem Soldaten etwas zu zeigen⌝. Dem Reisenden war es peinlich. Er war entschlossen, hier bis zum Ende zu bleiben, aber den Anblick der zwei hätte er nicht lange ertragen. »Geht nach Hause«, sagte er. Der Soldat wäre dazu vielleicht bereit gewesen, aber der Verurteilte empfand den Befehl geradezu als Strafe. Er bat flehentlich mit gefalteten Händen ihn hier zu lassen, und als der Reisende kopfschüttelnd nicht nachgeben wollte, kniete er sogar nieder. Der Reisende sah, dass

Befehle hier nichts halfen, er wollte hinüber und die zwei vertreiben. Da hörte er oben im Zeichner ein Geräusch. Er sah hinauf. Störte also das Zahnrad doch? Aber es war etwas anderes. Langsam hob sich der Deckel des Zeichners und klappte dann vollständig auf. Die Zacken eines Zahnrades zeigten und hoben sich, bald erschien das ganze Rad, es war, als presse irgendeine grosse Macht den Zeichner zusammen, so dass für dieses Rad kein Platz mehr übrig blieb, das Rad drehte sich bis zum Rand des Zeichners, fiel hinunter, ⌜kollerte⌝ aufrecht ein Stück im Sand und blieb dann liegen. Aber schon stieg oben ein anderes auf, ihm folgten viele, grosse, kleine und kaum zu unterscheidende, mit allen geschah dasselbe, immer glaubte man, nun müsse der Zeichner jedenfalls schon entleert sein, da erschien eine neue, besonders zahlreiche Gruppe, stieg auf, fiel hinunter, kollerte im Sand und legte sich. Über diesem Vorgang vergass der Verurteilte ganz den Befehl des Reisenden, die Zahnräder entzückten ihn völlig, er wollte immer eines fassen, trieb gleichzeitig den Soldaten an, ihm zu helfen, zog aber erschreckt die Hand zurück, denn es folgte gleich ein anderes Rad, das ihn, wenigstens im ersten Anrollen, erschreckte.

Der Reisende dagegen war sehr beunruhigt; die Maschine ging offenbar in Trümmer; ihr ruhiger Gang war eine Täuschung; er hatte das Gefühl, als müsse er sich jetzt des Offiziers annehmen, da dieser nicht mehr für sich selbst sorgen konnte. Aber während der Fall der Zahnräder seine ganze Aufmerksamkeit beanspruchte, hatte er versäumt, die übrige Maschine zu beaufsichtigen; als er jedoch jetzt, nachdem das letzte Zahnrad den Zeichner verlassen hatte, sich über die Egge beugte, hatte er eine neue, noch ärgere Überraschung. Die Egge schrieb nicht, sie stach nur, und das Bett wälzte den Körper nicht, sondern hob ihn nur zitternd in die Nadeln hinein. Der Reisende wollte eingreifen, möglicherweise das Ganze zum Stehen bringen, das war ja keine ⌜Folter⌝, wie sie der Offizier erreichen wollte, das war ⌜unmittelbarer Mord⌝. Er streckte die Hände aus. Da hob sich aber schon die Egge mit dem aufgespiessten Körper zur Seite, wie sie es sonst erst in der zwölften Stunde tat. Das Blut floss in hundert Strömen, nicht mit Wasser vermischt, auch die Wasserröhrchen hatten diesmal versagt. Und nun versagte noch das letzte, der Körper löste sich von den langen Nadeln nicht, strömte sein Blut aus, hing aber über der Grube ohne zu fallen. Die Egge wollte schon in ihre alte Lage zurückkehren, aber als merke sie selbst, dass sie von ihrer Last noch nicht befreit sei, blieb sie doch über der Grube. »Helft doch!« schrie der Reisende zum Soldaten und zum Verurteilten hinüber und fasste selbst die Füsse des Offiziers. Er wollte sich hier gegen die Füsse drücken, die zwei sollten auf der anderen Seite den Kopf des Offiziers fassen, und so sollte er langsam von den Nadeln gehoben werden. Aber nun konnten sich die zwei nicht entschliessen zu kommen; der Verurteilte drehte sich geradezu um; der Reisende musste zu ihnen hinübergehen und sie mit Gewalt zu dem Kopf des Offiziers drängen. Hiebei sah er fast gegen Willen das Gesicht der Leiche. ⌜Es war, wie es im Leben gewesen war⌝; kein Zeichen der versprochenen Erlösung war zu entdecken; was alle anderen in der Maschine gefunden hatten, der Offizier fand es nicht; die Lippen waren fest zusammengedrückt, die Augen waren offen, hatten den Ausdruck des Lebens, ⌜der Blick war ruhig und überzeugt⌝, durch die Stirn ging die ⌜Spitze des grossen eisernen Stachels⌝.

* *
*

Vgl. die Erl. zu 25.4

Als der Reisende, mit dem Soldaten und dem Verurteilten hinter sich, zu den ersten Häusern der Kolonie kam, zeigte der Soldat auf eines und sagte: »Hier ist das Teehaus*.«

Im Erdgeschoss eines Hauses war ein tiefer, niedriger, höhlenartiger, an den Wänden und an der Decke verräucherter Raum. Gegen die Strasse zu war er in seiner ganzen Breite offen. Trotzdem sich das Teehaus von den übrigen Häusern der Kolonie, die bis auf die Palastbauten der Kommandatur alle sehr verkommen waren, wenig unterschied, übte es auf den Reisenden doch den Eindruck einer historischen Erinnerung aus und er fühlte die Macht der früheren Zeiten. Er trat näher heran, ging, gefolgt von seinen Begleitern, zwischen den unbesetzten Tischen hindurch, die vor dem Teehaus auf der Strasse standen, und atmete die kühle, dumpfige Luft ein, die aus dem Innern kam. »Der Alte ist hier begraben«, sagte der Soldat, »ein Platz auf dem Friedhof ist ihm vom Geistlichen verweigert worden. Man war eine Zeitlang unentschlossen, wo man ihn begraben sollte, schliesslich hat man ihn hier begraben. Davon hat Ihnen der Offizier gewiss nichts erzählt, denn dessen hat er sich natürlich am meisten ⌜geschämt⌝. Er hat sogar einigemal in der Nacht versucht, den Alten auszugraben, er ist aber immer verjagt worden.« »Wo ist das Grab?« fragte der Reisende, der dem Soldaten nicht glauben konnte. Gleich liefen beide, der Soldat wie der Verurteilte, vor ihm her und zeigten mit ausgestreckten Händen dorthin, wo sich das Grab befinden sollte. Sie führten den Reisenden bis zur Rückwand, wo an einigen Tischen Gäste sassen. Es waren wahrscheinlich Hafenarbeiter, starke Männer mit kurzen, glänzend schwarzen ⌜Vollbärten⌝. Alle waren ohne Rock, ihre Hemden waren zerrissen, es war armes, gedemütigtes Volk. Als sich der Reisende näherte, erhoben sich einige, drückten sich an die Wand und sahen ihm entgegen. »Es ist ein Fremder«, flüsterte es um den Reisenden herum, »er will das Grab ansehen.« Sie schoben einen der Tische beiseite, unter dem sich wirklich ein Grabstein befand. Es war ein einfacher Stein, niedrig genug, um unter einem Tisch verborgen werden zu können. Er trug eine ⌜Aufschrift⌝ mit sehr kleinen Buchstaben, der Reisende musste, um sie zu lesen, niederknien. Sie lautete: »Hier ruht der alte Kommandant. Seine Anhänger, die jetzt keinen Namen tragen dürfen, haben ihm das Grab gegraben und den Stein gesetzt. Es besteht eine Prophezeiung, dass der Kommandant nach einer bestimmten Anzahl von Jahren auferstehen und aus diesem Hause seine Anhänger zur Wiedereroberung der Kolonie führen wird. Glaubet und wartet!« Als der Reisende das gelesen hatte und sich erhob, sah er rings um sich die Männer stehen und lächeln, als hätten sie mit ihm die Aufschrift gelesen, sie lächerlich gefunden und forderten ihn auf, sich ihrer Meinung anzuschliessen. Der Reisende ⌜tat, als merke er das nicht⌝, verteilte einige Münzen unter sie, wartete noch, bis der Tisch über das Grab geschoben war, verliess das Teehaus und ging zum Hafen.

Der Soldat und der Verurteilte hatten im Teehaus Bekannte gefunden, die sie zurückhielten. Sie mussten sich aber bald von ihnen losgerissen haben, denn der Reisende befand sich erst in der Mitte der langen Treppe, die zu den Booten führte, als sie ihm schon nachliefen. Sie wollten wahrscheinlich den Reisenden im letzten Augenblick zwingen, sie mitzunehmen. Während der Reisende unten mit einem Schiffer wegen der Überfahrt zum Dampfer unterhandelte, rasten die zwei die Treppe hinab, schweigend, denn zu schreien wagten sie nicht. Aber als sie unten ankamen, war der Reisende schon im Boot, und der Schiffer löste es gerade vom Ufer. Sie hätten noch ins Boot springen können, aber der Reisende hob ein schweres geknotetes Tau vom Boden, drohte ihnen damit und hielt sie dadurch von dem Sprunge ab.

Anhang

Erzählansätze für einen anderen Schluss der Erzählung

[7. August 1917]
Der Reisende fühlte sich zu müde, um hier noch etwas zu befehlen oder gar zu tun. Nur ein Tuch zog er aus der Tasche, machte eine Bewegung, als tauchte er es in den fernen Kübel, drückte es an die Stirn und legte sich neben die Grube. So fanden ihn zwei Herren, die der Kommandant ausgeschickt hatte, ihn zu holen. Wie erfrischt sprang er auf, als sie ihn ansprachen. Die Hand auf dem Herzen, sagte er: »Ich will ein Hundsfott sein, wenn ich das zulasse.« Aber dann nahm er das wörtlich und begann auf allen Vieren umherzulaufen. Nur manchmal sprang er auf, riß sich förmlich los, hängte sich einem der Herren an den Hals und rief in Tränen: »Warum mir das alles!« und eilte wieder auf seinen Posten.

[8. August 1917]
Als bringe das alles dem Reisenden zu Bewußtsein, das was noch folge, sei ⌜lediglich seine und des Toten Angelegenheit⌝, schickte er mit einer Handbewegung den Soldaten und den Verurteilten fort, sie zögerten, er warf einen Stein nach ihnen, noch immer berieten sie, da lief er zu ihnen und stieß sie mit den Fäusten.

⌜»Wie?« sagte der Reisende plötzlich. War etwas vergessen? Ein entscheidendes Wort? Ein Griff? Eine Handreichung?⌝ Wer kann in das Wirrsal eindringen? Verdammte böse tropische Luft, was machst Du aus mir? Ich weiß nicht was geschieht. Meine ⌜Urteilskraft⌝ ist zu Hause im Norden geblieben.

[9. August 1917]
Der Reisende machte eine unbestimmte Handbewegung,

ließ von seinen Bemühungen ab, stieß die zwei wieder vom Leichnam fort und wies ihnen die Kolonie, wohin sie sofort gehen sollten. Mit gurgelndem Lachen zeigten sie, daß sie allmählich den Befehl verstanden, der Verurteilte drückte sein mehrfach überschmiertes Gesicht auf die Hand des Reisenden, der Soldat klopfte mit der Rechten – in der Linken schwenkte er das Gewehr – dem Reisenden auf die Schulter, alle drei gehörten jetzt zusammen.

Der Reisende mußte gewaltsam das ihn überkommende Gefühl abwehren, daß in diesem Fall eine vollkommene Ordnung geschaffen sei. Er wurde müde und gab den Plan auf, den Leichnam jetzt zu begraben. Die Hitze, die noch immer im Steigen begriffen war – nur um nicht ins Taumeln zu geraten, wollte der Reisende nicht den Kopf nach der Sonne heben –, das plötzliche endgültige Verstummen des Offiziers, der Anblick der zwei drüben, die ihn fremd anstarrten und mit denen er durch den Tod des Offiziers jede Verbindung verloren hatte, endlich diese glatte maschinenmäßige Widerlegung, welche die Meinung des Offiziers hier gefunden hatte – alles dieses – der Reisende konnte nicht länger aufrecht stehn und setzte sich auf den Rohrsessel nieder. Hätte sich sein Schiff durch diesen weglosen Sand hierher zu ihm geschoben, um ihn aufzunehmen – es wäre am schönsten gewesen. Er wäre eingestiegen, nur von der Treppe aus hätte er noch dem Offizier einen Vorwurf wegen der grausamen Hinrichtung des Verurteilten gemacht. »Ich werde es zuhause erzählen«, hätte er noch mit erhobener Stimme gesagt, damit es auch der Kapitän und die Matrosen hörten, die sich oben neugierig über das Bordgeländer beugten. »Hingerichtet?«, hätte daraufhin der Offizier mit Recht gefragt. »Hier ist er doch«, hätte er gesagt und auf des Reisenden Kofferträger gezeigt. Und tatsächlich war dies der Verurteilte, wie sich der Reisende durch scharfes Hinschauen und genaues Prüfen der Gesichtszüge überzeugte. »Meine Anerkennung«, mußte der Reisende sagen und sagte es gerne. »Ein ⌜Taschenspielerkunststück⌝?« fragte er noch. »Nein« sagte der Offizier, »ein Irrtum Ihrerseits, ich bin hingerichtet, wie Sie es befahlen.« Noch aufmerksamer horchten jetzt Kapitän und Matrosen. Und sahen sämtlich wie jetzt der Offizier über seine Stirn hinstrich und einen krumm aus der geborstenen Stirn vorragenden Stachel enthüllte.

Briefzeugnisse

[Franz Kafka am 15. Oktober 1915 an den Kurt Wolff Verlag (Georg Heinrich Meyer)]

Was Ihre ⌜Vorschläge⌝ betrifft, so vertraue ich mich Ihnen vollständig an. Mein Wunsch wäre es eigentlich gewesen, ein größeres Novellenbuch herauszugeben (etwa die Novelle aus der Arkadia, die Verwandlung und noch eine andere Novelle unter dem gemeinsamen Titel ⌜»Strafen«⌝) ⌜auch Herr Wolff hat schon früher einmal dem zugestimmt⌝, aber es ist wohl bei den ⌜gegenwärtigen Umständen⌝ vorläufig besser so, wie Sie es beabsichtigen.

[Franz Kafka am 28. Juli 1916 an den Kurt Wolff Verlag (Georg Heinrich Meyer)]

Hinsichtlich der Herausgabe eines Buches ⌜bin ich gleichfalls Ihrer Meinung⌝, wenn auch die meine erzwungenerweise ein wenig radikaler ist. Ich glaube nämlich, daß es das allein Richtige wäre, wenn ich mit einer ganzen und neuen Arbeit hervorkommen könnte; kann ich das aber nicht, so sollte ich vielleicht lieber ganz still sein. Nun habe ich tatsächlich eine derartige Arbeit gegenwärtig nicht und fühle mich auch gesundheitlich bei weitem nicht so gut, daß ich in meinen sonstigen hiesigen Verhältnissen zu einer solchen Arbeit fähig sein könnte. ⌜Ich habe in den letzten 3, 4 Jahren mit mir gewüstet⌝ (was die Sache sehr verschlimmert: in allen Ehren) und trage jetzt schwer die Folgen. Sonstiges kommt auch noch hinzu.
[…] Jetzt bleibt mir nur übrig zu warten, bis mir die einzigen Heilmittel, die mir wahrscheinlich noch helfen könnten, zugänglich werden, nämlich: ein wenig reisen, und viel Ruhe und Freiheit.

Vorher kann ich ⌜keine größere Arbeit⌝ vorlegen und es bleibt also nur die Frage (die ich für meinen Teil verneinen würde) ob es irgendwelchen Nutzen bringen könnte, die Erzählungen »Strafen« (Das Urteil, Die Verwandlung, In der Strafkolonie) jetzt zu veröffentlichen. Sind Sie der Meinung, daß eine solche Herausgabe gut wäre, auch wenn in absehbarer Zeit keine größere Arbeit folgen kann, so füge ich mich vollständig Ihrer besseren Einsicht.

[Franz Kafka am 10. August 1916 an den Kurt Wolff Verlag (Georg Heinrich Meyer)]

Sehr geehrter Herr Meyer!
Aus der mich betreffenden Bemerkung in einem Brief an Max Brod sehe ich, daß auch Sie daran sind, von dem Gedanken an die Herausgabe des Novellenbuches abzugehen. Ich gebe Ihnen unter den gegenwärtigen Verhältnissen durchaus Recht, denn es ist jedenfalls höchst unwahrscheinlich, daß Sie das verkäufliche Buch, das Sie wollen, mit diesem Buch erhalten würden. Dagegen wäre ich sehr damit einverstanden, daß die »Strafkolonie« im »Jüngsten Tag« herauskommt, dann aber nicht nur die »Strafkolonie«, sondern auch das »Urteil« aus der »Arkadia«, und zwar jede Geschichte in einem eigenen Bändchen. In dieser letzteren Art der Herausgabe liegt für mich der Vorteil gegenüber dem Novellenbuch, daß nämlich jede Geschichte selbständig angesehen werden kann und wirkt. Falls Sie mir zustimmen, würde ich bitten, daß zuerst das »Urteil«, an dem mir mehr als an dem anderen gelegen ist, erscheint; die »Strafkolonie« kann dann nach Belieben folgen.

[Franz Kafka am 14. August 1916 an den Kurt Wolff Verlag (Georg Heinrich Meyer)]

Sehr geehrter Herr Meyer!
Unsere Briefe haben sich offenbar gekreuzt. Zu der Sache selbst: Die Herausgabe des »Urteils« und der »Strafkolonie« in einem Bändchen wäre nicht in meinem Sinn; für den Fall ziehe ich das größere Novellenbuch vor. Nun verzichte ich aber auf dieses größere Buch, das mir übrigens Herr Wolff schon zur Zeit des »Heizer« zugesagt hat, sehr gern, bitte aber dafür um die Gefälligkeit, daß das »Urteil« in ein besonderes Bändchen kommt. Das »Urteil«, an dem mir eben besonders gelegen ist, ist zwar sehr klein, aber es ist auch mehr Gedicht als Erzählung, es braucht freien Raum um sich und es ist auch nicht unwert ihn zu bekommen.
Mit besten Grüßen Ihr sehr ergebener F Kafka

[Franz Kafka am 19. August 1916 an den Kurt Wolff Verlag]

Entsprechend Ihrem freundlichen Schreiben vom 15. l. M. stelle ich zusammen, was mich zu meiner Bitte nach Einzelabdruck des »Urteil« und der »Strafkolonie« geführt hat:
Zunächst war überhaupt nicht von der Veröffentlichung im »Jüngsten Tag« die Rede, sondern von einem Novellenband »Strafen« (Urteil – Verwandlung – Strafkolonie), dessen Herausgabe mir Herr Wolff schon vor langer Zeit in Aussicht gestellt hat. Diese Geschichten geben eine gewisse Einheit, auch wäre natürlich ein Novellenband eine ansehnlichere Veröffentlichung gewesen, als die Hefte des »Jüngsten Tag«, trotzdem wollte ich sehr gerne auf den Band verzichten, wenn mir die Möglichkeit erschien, daß das »Urteil« in einem besonderen Heft herausgegeben werden könnte.

Ob »Urteil« und »Strafkolonie« gemeinsam in einem Jüngsten Tag-Bändchen erscheinen sollen steht wohl nicht eigentlich in Frage, denn die »Strafkolonie« reicht gewiß, auch nach der in Ihrem Schreiben vorgenommenen Bemessung, für ein Einzelbändchen reichlich aus. Hinzufügen möchte ich nur, daß »Urteil« und »Strafkolonie« nach meinem Gefühl eine abscheuliche Verbindung ergeben würden; »Verwandlung« könnte immerhin zwischen ihnen vermitteln; ohne sie aber hieße es wirklich zwei fremde Köpfe mit Gewalt gegen einander schlagen.
Insbesondere für den Sonderabdruck des »Urteil« spricht bei mir folgendes: Die Erzählung ist mehr gedichtmäßig als episch, deshalb braucht sie ganz freien Raum um sich, wenn sie sich auswirken soll. Sie ist auch die mir liebste Arbeit und es war daher immer mein Wunsch, daß sie, wenn möglich, einmal selbstständig zur Geltung komme. Jetzt da von dem Novellenband abgesehen wird, wäre dafür die beste Gelegenheit. Nebenbei erwähnt bekomme ich dadurch, daß die Strafkolonie nicht gleich jetzt im »Jüngsten Tag« erscheint, die Möglichkeit sie den »Weißen Blättern« anzubieten. Es ist das aber wirklich nur nebenbei erwähnt, denn die Hauptsache bleibt für mich, daß das »Urteil« besonders erscheint.

[Franz Kafka am 11. Oktober 1916 an Kurt Wolff]

⌜Ihre freundlichen Worte⌝ über mein Manuskript sind mir sehr angenehm eingegangen. ⌜Ihr Aussetzen des Peinlichen⌝ trifft ganz mit meiner Meinung zusammen, die ich allerdings in dieser Art fast gegenüber allem habe, was bisher von mir vorliegt. Bemerken Sie, wie wenig in dieser oder jener Form von diesem Peinlichen frei ist! Zur Erklärung dieser letzten Erzählung füge ich nur hinzu, daß nicht nur sie peinlich ist, daß vielmehr unsere allgemeine und meine besondere Zeit gleichfalls sehr peinlich war und ist und meine besondere sogar noch länger peinlich als die allgemeine. Gott weiß wie tief ich auf diesem Weg gekommen wäre, wenn ich weitergeschrieben hätte oder besser, wenn mir meine Verhältnisse und mein Zustand das, mit allen Zähnen in allen Lippen, ersehnte Schreiben erlaubt hätten. Das haben sie aber nicht getan. So wie ich jetzt bin, bleibt mir nur übrig auf Ruhe zu warten, womit ich mich ja, wenigstens äußerlich als zweifelloser Zeitgenosse darstelle. Auch damit stimme ich ganz überein, daß die Geschichte nicht in den »Jüngsten Tag« kommen soll. Allerdings wohl auch nicht in den Vorlesesaal Goltz, wo ich sie im November vorlesen will und hoffentlich auch vorlesen werde. Ihr Angebot, das Novellenbuch herauszugeben ist außerordentlich entgegenkommend, doch glaube ich, daß (insbesondere da jetzt das »Urteil« dank Ihrer Freundlichkeit besonders erscheint) das Novellenbuch nur als naher Vor- oder Nachläufer einer neuen größeren Arbeit eigentlich Sinn hätte, augenblicklich also nicht. Übrigens glaube ich diese Meinung auch aus der betreffenden Bemerkung im Brief an Max Brod herauslesen zu können.

[Franz Kafka am 4. September 1917 an Kurt Wolff]

Hinsichtlich der Strafkolonie besteht vielleicht ein Mißverständnis. Niemals habe ich aus ganz freiem Herzen die Veröffentlichung dieser Geschichte verlangt. Zwei oder drei Seiten kurz vor ihrem Ende sind Machwerk, ihr Vorhandensein deutet auf einen tieferen Mangel, es ist da irgendwo ein Wurm, der selbst das Volle der Geschichte hohl macht. Ihr Angebot, diese Geschichte in gleicher Weise wie den ⌜Landarzt⌝ erscheinen zu lassen ist natürlich sehr verlockend und kitzelt so, daß es mich fast wehrlos macht – trotzdem bitte ich die Geschichte, wenigstens vorläufig nicht herauszugeben. Stünden Sie auf meinem Standpunkt und sähe Sie die Geschichte so an, wie mich, Sie würden in meiner Bitte keine besondere Standhaftigkeit erkennen. Im übrigen: Halten meine Kräfte halbwegs aus, werden Sie ⌜bessere Arbeiten⌝ von mir bekommen, als es die Strafkolonie ist.

Kommentar

Zeittafel

1883 Franz Kafka wird am 3. Juli als erstes Kind von Julie Kafka (geb. Löwy, 1856–1934) und Hermann Kafka (1852–1931) in Prag geboren. Hermann Kafka war der tschechisch erzogene Sohn eines jüdischen Fleischers und betrieb einen Laden für modische Accessoires (»Galanteriewaren«); Julie Kafka war die deutsch erzogene Tochter eines jüdischen Brauereibesitzers. Die beiden Brüder Georg (1885–1887) und Heinrich (1887–1888) sterben früh. Von den drei Schwestern Gabriele (Elli, verh. Hermann, 1889–1942?), Valerie (Valli, verh. Pollak, 1890–1942?) und Ottilie (Ottla, verh. David, 1892–1943), die alle von den Nazis deportiert und ermordet wurden, wird die jüngste zu seiner besonderen Vertrauensperson innerhalb der Familie.

1889–1893 Besuch der »Deutschen Volks- und Bürgerschule«, einer deutschen Knabenschule, am Prager Fleischmarkt.

1893–1901 Besuch des »Altstädter Deutschen Gymnasiums« im Kinsky-Palais; Abitur. Im August 1901 verlässt Kafka zum ersten Mal Böhmen und reist mit seinem Lieblingsonkel Siegfried Löwy nach Norderney und Helgoland.

1901–1906 Jurastudium an der Deutschen Universität in Prag; Promotion zum Dr. iuris. Zwischenzeitlich studiert Kafka ein Semester Germanistik und besucht kunsthistorische Vorlesungen.

1902–1904 Briefwechsel mit dem Schulfreund Oskar Pollak (1883–1915); darin die älteste erhaltene Erzählung, die *vertrackte Geschichte vom schamhaften Langen und dem Unredlichen in seinem Herzen* (Dezember 1902) und die Ankündigung, »ein Bündel« vorzubereiten, in dem »nichts fehlen« wird als die »Kindersachen«: »Du siehst, das Unglück sitzt mir von früh an auf dem Buckel« (6. September 1903).

1902 Erste Begegnung mit Max Brod (1884–1968), der zu seinem engsten Freund und Vertrauten werden wird.

1904–1905 Die früheste erhaltene umfangreichere Prosaarbeit, die erste Fassung der Novelle *Beschreibung eines Kampfes*, entsteht.

1907 *Hochzeitsvorbereitungen auf dem Lande* (Romanfragment). Eintritt in die Versicherungsgesellschaft »Assicurazioni Generali« (Oktober 1907 bis Juli 1908).

1908 In der »Zweimonatsschrift« *Hyperion* erscheinen als erste Veröffentlichung Kafkas acht Prosastücke unter dem Titel »Betrachtung«. Ende Juli: Eintritt in die »Arbeiter-Unfall-Versicherungs-Anstalt für das Königreich Böhmen in Prag«, wo Kafka bis zu seiner Frühpensionierung am 1. Juli 1922 angestellt bleibt.

1909 Das *Gespräch mit dem Beter* und das *Gespräch mit dem Betrunkenen* aus der *Beschreibung eines Kampfes* erscheinen im *Hyperion*. Ferienaufenthalt mit Max und Otto Brod in Riva am Gardasee; gemeinsamer Besuch der Flugwoche in Brescia. *Die Aeroplane in Brescia*, eine auf Anregung Brods entstandene Reportage, wird in der deutschsprachigen Prager Tageszeitung *Bohemia* abgedruckt. – Beginn der überlieferten Tagebuchaufzeichnungen.

1910 Brod rettet das Manuskript der *Beschreibung* vor der Vernichtung durch den Autor. Im Tagebuch entsteht *Unglücklichsein*, die Schlusserzählung von *Betrachtung*. – Reisen nach Paris und Berlin.

1911 Freundschaft mit dem ostjüdischen Schauspieler Jizchak Löwy (1887–1942, Treblinka), dessen Truppe bis 1912 in Prag gastiert. Die Beschäftigung mit der jiddischen Theatertradition regt ihn Ende des Jahres zu seinen im Tagebuch festgehaltenen Gedanken über »kleine Litteraturen« an. Eine nicht überlieferte »erste Fassung« des Amerikaromans entsteht.

1912 Im Februar veranstaltet Kafka einen Vortragsabend mit Löwy und hält einen *Einleitungsvortrag über Jargon* (mit »Jargon« ist die jiddische Sprache gemeint), der, zusammen mit den Fragmenten über »kleine Litteraturen«, eine der wichtigsten Äußerungen Kafkas über sein Verhältnis zur Sprache und zur Literatur darstellt. *Betrachtung*,

Kafkas erste Buchveröffentlichung, erscheint im Rowohlt (ab 1913: Kurt Wolff) Verlag. Am 13. August lernt er seine spätere Verlobte Felice Bauer (ab 1919 verh. Marasse, 1887–1960) bei Max Brod kennen; seinen ersten Brief an sie schreibt er am 20. September. In der Nacht vom 22. auf den 23. September entsteht *Das Urteil*, bis zum Ende des Monats *Der Heizer*, das erste Kapitel des *Verschollenen* (»Amerika«). Kafka schreibt *Die Verwandlung* und die meisten weiteren Kapitel des Amerikaromans. Bei einem »Prager Autorenabend« der Herdervereinigung am 4. Dezember trägt er öffentlich *Das Urteil* vor.

1913 März: erster Besuch bei Felice Bauer in Berlin. *Der Heizer* erscheint in der Buchreihe *Der jüngste Tag*, *Das Urteil* in dem von Brod herausgegebenen literarischen Jahrbuch *Arkadia*. September: Reise Wien-Triest-Venedig-Riva. Dort Affäre mit G. W. (die »Schweizerin«, Identität ungeklärt). Im Tagebuch (21. Oktober) erster Hinweis auf den *Jäger-Gracchus*-Stoff (»Im kleinen Hafen eines Fischerdorfes ...«). Zwischen Februar 1913 und Juli 1914 stagniert die literarische Arbeit. Die Beziehung zwischen Kafka und Felice Bauer entwickelt sich krisenhaft. Beginn eines intensiven Briefwechsels mit Grete Bloch (1892–1944, Auschwitz), einer Freundin Felice Bauers, die zwischen beiden vermittelt.

1914 1. Juni: Offizielles Verlöbnis mit Felice Bauer in Berlin. 12. Juli: Auflösung des Verlöbnisses im Hotel »Askanischer Hof« in Berlin; Kafka spricht später vom »Gerichtshof im Hotel«. Noch im Juli beginnt Kafka die Arbeit an dem *Process*-Roman; zum ersten Mal kann er außerhalb der elterlichen Wohnung in eigenen Zimmern bei seinen älteren Schwestern arbeiten. Der ausbrechende Erste Weltkrieg findet in dem Tagebucheintrag vom 2. August 1914 seinen Niederschlag: »Deutschland hat Rußland den Krieg erklärt. – Nachmittag Schwimmschule«. – Während eines 14-tägigen Urlaubs vom 5. bis zum 18. Oktober entstehen das »Oklahama«-Kapitel [!] des *Verschollenen* und *In der Strafkolonie*. Am 15. Oktober erhält Kafka einen Brief von Grete Bloch, dem Ende des Monats die Wiederaufnahme des Briefwechsels mit Felice Bauer folgt. Dezember: *Vor dem Gesetz*, *Der Dorfschullehrer*.

1915 Das *Blumfeld*-Fragment entsteht. Kafka mietet ein eigenes Zimmer. Er trifft Felice Bauer (Mai/Juni). *Die Verwandlung* erscheint in der Monatsschrift *Die weißen Blätter* und im Dezember in *Der jüngste Tag*. Carl Sternheim (1878–1942) gibt das Preisgeld für den Fontane-Preis an Kafka weiter.

1916 Kafka bemüht sich vergeblich um eine Aufhebung seiner »Reklamation«, d. h. der Befreiung vom Kriegsdienst, die er als Beamter der Versicherungsanstalt genießt. Im Juli Aufenthalt mit Felice Bauer in Marienbad, im November in München, wo er *In der Strafkolonie* vorträgt (am 10. November in der »Galerie Goltz«; unter den Zuhörern befindet sich auch – aller Wahrscheinlichkeit nach – Rainer Maria Rilke [1875–1926]). Von November 1916 bis Mai 1917 arbeitet Kafka in einem Häuschen in der Prager Alchimistengasse, das ihm seine Schwester Ottla zur Verfügung stellt. In den sogenannten »acht Oktavheften« (in Wirklichkeit wohl neun, da mindestens eines nicht überliefert ist) entstehen dort u. a. die Texte des *Landarzt*-Bandes (außer den älteren *Vor dem Gesetz* und wahrscheinlich *Ein Traum*), der *Kübelreiter*, das *Jäger-Gracchus*-Fragment, *Beim Bau der chinesischen Mauer* und der *Nachbar*.

1917 Kafka beginnt Hebräisch zu lernen. Im Juli zweite Verlobung mit Felice Bauer. August: Heftiger Bluthusten, als dessen Ursache im September Tuberkulose diagnostiziert wird. Den Ausbruch der Krankheit nimmt Kafka zum Anlass, das Verlöbnis mit Felice Bauer endgültig zu lösen (offiziell im Dezember); letzter Brief an sie am 16. Oktober. In den Oktavheften entstehen u. a. zahlreiche Aphorismen und der *Sirenen*-Text (23. oder 24. Oktober; Titel von Max Brod: »Das Schweigen der Sirenen«). Ab September lebt Kafka für acht Monate auf dem Land bei Ottla in Zürau (Nordböhmen).

1918 Die letzten beiden Oktavhefte entstehen, darin u. a. der *Prometheus*-Text (Januar) und das *Tempelbau*-Fragment (Frühjahr). Kafka stellt ein Konvolut mit Aphorismen zusammen, das er 1920 um weitere acht Zettel ergänzt. Im Mai nimmt er seine Arbeit in der Arbeiter-Unfall-Versicherungs-Anstalt wieder auf. – Die militärische Niederlage der Mittelmächte beschleunigt den endgültigen Zerfall der Donaumonarchie. Am 28. Oktober wird die Tschechische Republik ausgerufen.

1919 Kafka verlobt sich mit der jüdischen Tschechin Julie Wohryzek (1891–1939). Der für November anberaumte Hochzeitstermin verstreicht; die Verlobung wird im Juli 1920 aufgelöst. Kafka verfasst den sogenannten *Brief an den Vater*, den dieser allerdings nie zu lesen bekommt. *In der Strafkolonie* erscheint im Kurt Wolff Verlag (Oktober).

1920 Der Band *Ein Landarzt* erscheint im Kurt Wolff Verlag (mit Impressum 1919). Die *Er*-Aphorismen und zahlreiche Erzählungen, darunter *Zur Frage der Gesetze*, *Die Truppenaushebung*, *Poseidon*, *Das Stadtwappen*, *Die Prüfung*, *Der Geier*, *Kleine Fabel* und *Der Kreisel*, entstehen. Liebesbeziehung und Beginn des Briefwechsels mit der tschechischen Journalistin Milena Jesenská (verh. Pollak, 1896–1944, Ravensbrück), die, als erste Übersetzerin von Kafka überhaupt, einige Dichtungen Kafkas ins Tschechische überträgt. – Dezember 1920 bis August

1921 verbringt Kafka in Matliary in einem Lungensanatorium in der hohen Tatra, wo er den jungen Mediziner Robert Klopstock (1899–1972) kennenlernt, der dort auch Patient ist. Ab Ende August noch einmal zwei Monate Büroarbeit, dann Beurlaubung bis zur Pensionierung am 1. Juli 1922. Im Spätjahr verfasst Kafka das erste der sogenannten zwei »Testamente«, in denen er von dem als Nachlassverwalter eingesetzten Max Brod die Vernichtung seines gesamten literarischen Nachlasses verlangt. Brod wird diese Testamente im Rahmen seines Aufsatzes »Franz Kafkas Nachlass« gewissermaßen als die ersten Nachlasstexte Kafkas in der Berliner Wochenschrift *Die*

Weltbühne vom 17. Juli 1924 (abgedruckt in Born 2, S. 36–42) und dann erneut 1925 im Nachwort zu seiner Edition des *Process*-Romans veröffentlichen und begründen, warum er Kafkas Wunsch nicht nachgekommen ist.

1922 Februar bis August: Arbeit am *Schloss*-Roman. Weiterhin entstehen u. a. *Erstes Leid*, *Fürsprecher*, *Ein Hungerkünstler*, *Forschungen eines Hundes*, *Das Ehepaar* und *Viele beklagten sich* …. Kafka schreibt das zweite der beiden »Testamente« (29. November).

1923 Kafka lernt intensiv Hebräisch. Juli/August: Urlaub mit der Schwester Elli im Ostseebad Müritz, wo er die aus Polen stammende, in ostjüdisch-chassidischer Tradition erzogene Dora Diamant (1898–1952) kennenlernt, die dort in einem jüdischen Ferienheim für Kinder arbeitet. Am 24. September übersiedelt er zu ihr nach Berlin. Es entstehen die Erzählungen *Der Bau* und *Eine kleine Frau*. Dora Diamant verbrennt auf Kafkas Anweisung zahlreiche Manuskripte; der bei ihr verbliebene Teil von Kafkas Nachlass wird später von den Nazis beschlagnahmt und muss als verloren gelten.

1924 Rückübersiedlung nach Prag. Kafka schreibt *Josefine, die Sängerin oder Das Volk der Mäuse*. Die Krankheit hat auf den Kehlkopf übergegriffen, sodass Kafka kaum noch essen, trinken und sprechen kann. Er kommt nach Wien, zuletzt in das »Sanatorium Dr. Hoffmann« in Kierling, wo er von Dora Diamant und Robert Klopstock gepflegt wird. Er kommuniziert schriftlich über »Gesprächsblätter«. Kafka liest die Druckfahnen für seine letzte Publikation, den *Hungerkünstler*-Band, Korrektur. Er stirbt am 3. Juni und wird am 11. Juni auf dem jüdischen Friedhof in Prag-Straschnitz begraben. *Ein Hungerkünstler. Vier Geschichten* erscheint Ende August im Berliner Verlag »Die Schmiede«.

Der Trick mit dem Blick
Die *Strafkolonie* als Publikationsphantasie

Scheinbar schlicht ist die äußere Handlung der Geschichte: Ein Forschungsreisender wird auf einer Strafinsel durch einen Offizier in das dortige Gerichtswesen eingeführt. Zu diesem Zweck soll er einer Hinrichtung beiwohnen, die mittels eines »eigentümlichen Apparates« vollzogen wird. Die Strafe besteht darin, dass die Maschine dem Verurteilten das übertretene Gesetz in einem zwölfstündigen Verfahren mit Nadeln auf den Leib schreibt, bis er, folgt man den verzückten Worten des Offiziers, unter den Zeichen geistiger Erleuchtung an den ihm zugefügten Verletzungen stirbt. Der Offizier deutet an, dass es innerhalb der Kolonie Widerstände gegen dieses Verfahren gebe, und möchte den Reisenden gewinnen, sich für seine Erhaltung einzusetzen. Als der Reisende dies ablehnt, spricht der Offizier den Verurteilten frei und überantwortet sich selbst dem Apparat. Die Hinrichtung, in deren Verlauf die Maschine in seltsam lautloser Weise zu Bruch geht, vollzieht sich indes in kürzester Zeit; nicht die langsame »Einfleischung« des nicht befolgten Gebotes – »Sei gerecht!« hat es der Offizier benannt – tötet diesen, sondern die Nadeln der Maschine spießen ihn einfach nur auf. Voller Entsetzen verlässt der Reisende fluchtartig die Insel. Als der Befreite und sein ehemaliger Bewacher in letzter Sekunde mit auf das Boot springen wollen, treibt er sie mit einem Seilende zurück. – Das ist schnell erzählt. Doch wer die Geschichte liest, spürt, dass die eigentliche »Handlung« auf einer anderen Ebene stattfindet.

Kafka ist ein Virtuose des Anfangs. Die ersten Sätze, oft schon der erste Satz, zeichnen in wenigen Strichen eine Situation, die für den ganzen Text bestimmend bleibt und aus der es weder für die Hauptfigur noch für den Leser ein Entrinnen gibt. Unvermittelter als die *Strafkolonie* jedoch beginnt kaum eine Erzählung Kafkas: Ein Dialogfetzen, der die zentrale Information – die Existenz eines »eigentümlichen Apparates« – enthält, macht den Anfang, die handelnden Personen werden, wie es knapper nicht möglich ist, einfach dadurch eingeführt, dass sie mit ihrer Funk-

Erzähl-perspektive

tionsbezeichnung benannt werden, und auch das eigentliche Thema der Geschichte, das fragwürdige Verhältnis des Offiziers zu der Maschine, wird noch innerhalb des ersten Satzes angedeutet. Zugleich wirken beide Hauptfiguren wie aus einer gewissen Distanz heraus betrachtet: Warum ist der Blick des Offiziers »gewissermaßen bewundernd«, da ihm der Apparat »doch wohlbekannt« ist? Wir hören mit dem Reisenden zwar seine Stimme, aber was er wirklich denkt und fühlt, erfahren wir nicht. Die Modalkonstruktion des nächsten Satzes – »Der Reisende *schien* nur aus Höflichkeit der Einladung des Kommandanten gefolgt zu sein« – verbietet es aber auch, im Reisenden die Perspektivfigur der Erzählung zu sehen wie Walter H. Sokel, der allerdings auch darauf aufmerksam macht, dass Kafka in der *Strafkolonie* »ganz bewußt das Gesetz der einheitlichen Perspektive, das er in den größeren Erzählungen von ›Urteil‹ bis ›Prozeß‹ verfolgt hat«, bricht (Sokel, Das Verhältnis, S. 185). Spätestens bei genauer Lektüre der *Strafkolonie* wird also deutlich, dass die 1951 von Friedrich Beißner aufgestellte Behauptung von der »Einsinnigkeit« des Kafka'schen Erzählens (gemeint ist damit die strikte Beschränkung auf den Wahrnehmungsraum einer einzigen Figur) differenziert werden muss: Es ist auch nicht der Erlebnisraum des Reisenden, der im Verlauf der Erzählung entfaltet wird; offenbar gibt es in der *Strafkolonie* keine Perspektivfigur, wie sie für die »personale Erzählsituation« charakteristisch wäre, für die Franz K. Stanzel, von dem diese Terminologie stammt, den *Process* und das *Schloss* als prototypisch anführt. Genauso wenig aber trifft die »auktoriale Erzählsituation« zu, in der ein sogenannter »allwissender Erzähler« sich gleichsam in jede Figur hineinversetzen kann und auch dann immer genau weiß, was gerade geschieht, wenn gerade keine Figur am Geschehen beteiligt ist. Kafkas Erzählung hingegen gewinnt einen Großteil ihres verstörenden Potenzials daraus, dass man sich als Leser weder ganz in eine der Figuren hineinversetzen noch das Geschehen von neutraler Warte aus verfolgen kann (unten wird klar werden, warum das so ist). Diese Unentschiedenheit in der Perspektive entspricht jener des Traumes, in dem sich die Figuren ja auch unvorhersehbar bewegen, obwohl niemand anders als der Träumende selbst sich die

Traumgeschichte erzählt. Und da im Traum, in der Terminologie der *Traumdeutung* (1900) von Sigmund Freud (1856–1939), der »latente«, also verborgene eigentliche Trauminhalt von dem »manifesten Trauminhalt«, also den konkreten Traumbildern, überlagert wird, fragt man sich unwillkürlich, ob auch in Kafkas Erzählung noch etwas ganz anderes »gemeint« ist als das, was unmittelbar erzählt wird.

Lebenssituation

Als erster Zugang bietet sich bei Kafka, dessen literarische Produktivität in sehr hohem Maße von den jeweiligen Lebensumständen abhing, ein Blick auf die konkrete Schreibsituation an. Eine knappe halbe Woche vor dem Ende des Urlaubs, in dem Kafka den *Process* hatte »vorwärtstreiben« (T 678, 7. Oktober 1914) wollen, am Donnerstag, dem 15. Oktober 1914, erhielt er einen unerwarteten Brief. Grete Bloch, die im Verhältnis zwischen Kafka und seiner Verlobten Felice Bauer zunächst als Vermittlerin aufgetreten war, dann aber durch die Übergabe ihrer eigenen Korrespondenz mit Kafka an die Freundin die Auflösung des Verlöbnisses bewirkt hatte, warb in diesem Brief wohl um Verständnis für ihre Rolle bei dem für alle Seiten peinlichen Vorgang. Kafkas postwendende Antwort ist nicht nur im Original überliefert, sondern auch in einer fast wortgenauen Wiedergabe »aus dem Gedächtnis« im Tagebuch. Dort (T 679 f., 15. Oktober 1914) schreibt Kafka: »Es ist ein sonderbares Zusammentreffen Frl. Grete, daß ich Ihren Brief gerade heute bekam. Ich will das, womit er zusammengetroffen ist, nicht nennen, es betrifft nur mich und die Gedanken, die ich mir machte, als ich mich heute nachts etwa gegen 3 Uhr ins Bett legte.« Nur dem Tagebuch vertraut Kafka in Klammern diese Gedanken an: »Selbstmord, Brief an Max mit vielen Aufträgen«.

Es ist nicht zu entscheiden, ob die Selbstmordphantasie, die schon so konkret ist, dass Kafka bereits sieben Jahre vor dem ersten der beiden überlieferten »Testamente« Max Brod zum Nachlassverwalter einzusetzen zu planen scheint, der Niederschrift der *Strafkolonie* zeitlich folgt oder ob die Erzählung bereits eine literarische Verarbeitung dieser Phantasie ist. Einige Indizien sprechen jedoch für Letzteres, so dass die *Strafkolonie* die unmittelbare Reaktion auf diesen ersten, wenn auch noch indirekten Kontakt mit Felice nach der Trennung wäre. Kafka fährt in seinem Antwortschreiben an Grete Bloch nämlich so fort: »Sie schreiben zwar, daß ich Sie hasse, es ist aber nicht wahr. Wenn Sie alle hassen sollten, ich hasse Sie nicht und nicht nur deshalb, weil ich kein Recht dazu habe. Sie sind zwar im Askanischen Hof als Richterin über mir gesessen, es war abscheulich für Sie, für mich, für alle – aber es sah nur so aus, in Wirklichkeit bin ich auf Ihrem Platz gesessen und bin noch bis heute dort.« Und nur für sich schließt Kafka den Tagebucheintrag mit der Bemerkung: »Es wäre für uns alle das beste wenn sie nicht antworten würde, aber sie wird antworten und ich werde auf ihre Antwort warten.«

Im Vorspann zu seiner Wiedergabe des Briefes an Bloch spricht Kafka von der »unendlichen Verlockung« (T 678), die mit der Ankunft des Briefes wieder eingetreten sei; etwas später, vermutlich am 19. Oktober, schreibt er, dass Felice, »da ich eine Möglichkeit an sie heranzukommen, dargeboten bekomme«, »wieder der Mittelpunkt des Ganzen« sei (T 681). Hat die Aussicht auf eine Wiederbelebung des Verhältnisses zu der Geliebten dem *Process*, dem ja der Urlaub gewidmet war, sozusagen durch Veränderung der Beweislage den Grund entzogen, so dass sich Kafka, der sein »Schreiben« erneut durch eine Liebesbeziehung oder gar eine Ehe gefährdet sah, in eine andere, sehr viel direktere Strafphantasie flüchtete? Eine Strafphantasie wie die *Strafkolonie*, die das Schreiben und den Selbstmord als Strafe für die Weigerung, durch die Ehe in das Gesetz des Vaters einzutreten, miteinander verband? Wie sagt er, die Situation des Offiziers in der *Strafkolonie* zitierend oder vorwegnehmend, zu seiner »Richterin« Bloch: »In Wirklichkeit bin ich auf Ihrem Platz gesessen und bin noch bis heute dort.«

Da Kafka am 21. Oktober davon spricht, seit »4 Tagen fast nichts gearbeitet« zu haben (T 681), lässt sich, wenn diese Überlegungen zutreffen, die Entstehung der *Strafkolonie* auf die letzten Tage des zweiwöchigen Urlaubs, also auf den 15. bis 17. Oktober 1915 eingrenzen.

Etwas anders, aber nicht im Widerspruch hierzu gewichtet Reiner Stach das Verhältnis von *Process* und *Strafkolonie*: Kafka habe sein Alter Ego Josef K. seine Strafphantasien nicht ausleben lassen können, ohne den Aufbau des Romans zu gefährden, und so habe er »in der *Strafkolonie* ebenjenes Blut frei fließen lassen, das aus den Poren der *Process*-Welt unablässig hervorzudringen droht« (Stach, S. 562). Unstrittig ist nach beiden Lesarten, dass sich Kafka in dem Offizier gleichsam selbst richtet. Dann aber stellt sich umso dringlicher die Frage, warum gerade bei diesem der Apparat augenscheinlich versagt. Doch versagt er im Sinne des Offiziers wirklich?

Strategie des Offiziers

Nachdem der Reisende dem Offizier klar gemacht hat, dass er für die Rettung des Strafverfahrens in der Kolonie nicht zur Verfügung stehe, sagt dieser einen Satz, der in seiner Beiläufigkeit zumeist überlesen wurde: »Dann ist es also Zeit« (33.35; Ingeborg Henel, S. 490, macht darauf aufmerksam, dass hier ein »Anklang an den biblischen Begriff der ›erfüllten Zeit‹« zu spüren sei). Auf die Frage des Reisenden, »wozu« es Zeit sei, erhält er keine Antwort; die Antwort besteht vielmehr in dem dramatischen Geschehen, in dessen Folge auch die Maschine zerstört und der Offizier getötet wird – und das mit dem eigentlichen Wunder des Textes endet: dass nämlich, präludiert durch das zauberisch-lautlose und telepathisch gesteuerte Funktionieren der Maschine, die Augen des Offiziers, statt den Ausdruck der prognostizierten »Verklärung« anzunehmen, den »Ausdruck des Lebens« behalten, ja selbst der Fähigkeit zu »blicken« nicht beraubt werden. Daher erfordert die scheinbar einfachste Schrift, die »unmittelbar tötet«, die umfangreichste Programmierung des Zeichners: Das Resultat dieser Programmierung ist nicht die Beschriftung des Leibes, sondern seine Transformation in Literatur, womit er Kafkas »einzigem Verlangen« entspricht, das er in einem Briefentwurf an Felicens Vater Carl Bauer vom 21. August 1913 formuliert, nach dem er »nichts anderes« sei »als Litteratur und nichts anderes sein« könne und wolle (T 579). Damit hat der Apparat seine Aufgabe erfüllt, und dass er mit dem Blick des toten Offiziers zugrunde geht, ist Teil seines Programms.

Erklärungsbedürftig indessen bleibt die Tatsache, dass diese Transformation des Leibes in Literatur gerade nicht über den Umweg der Schrift, sondern durch den Blick des Offiziers vonstatten geht. Die Augen sind auch im »normalen« Programm der Maschine die einzige Körperpartie, die von der Egge ausgespart

wird, sonst wäre es für die Zuschauer ja nicht möglich, »den Ausdruck der Verklärung von dem gemarterten Gesicht« (26.14–15) zu nehmen. Das Publikum interessiert sich offenbar gar nicht für die – ohnehin unleserliche – Schrift auf dem Leib des Gefolterten, obwohl doch »keine Mühe gescheut« wurde (18.5), durch die gläserne Fabrikation der Egge und den Reinigungsmechanismus der Nadeln den Schreibvorgang nachvollziehbar zu machen und »die Schrift immer klar zu erhalten«. Nimmt man den Gedanken, der dem Strafverfahren zugrunde liegt, in all seiner Perversität ernst, geht es gar nicht um eine Läuterung des Delinquenten, sondern um die Erbauung des Publikums, das sich am brechenden Blick des Sterbenden berauscht.
Innerhalb der Kolonie jedoch ist das Publikum ausgestorben. Gab es je eines? Die Frage ist erlaubt, da auch die volksfestartige Stimmung während der Hinrichtungen allein durch die Schilderung des Offiziers beglaubigt wird. Wenn aber die Hinrichtungen eine solche Popularität besaßen, wie soll dann der Verurteilte nichts von seinem Schicksal, von der Art der Vollstreckung wissen? Und wer soll früher dem Spektakel in so großer Zahl beigewohnt haben, da von den Einwohnern der Kolonie nur ganz am Schluss »armes, gedemütigtes Volk« (41.28–29) ins Bild tritt, zu dem die behauptete Begeisterung während der Hinrichtungen so überhaupt nicht passt?
An einer Stelle gibt der Offizier dem Reisenden eine Antwort, die von der Logik seiner sonstigen Argumentation nicht gedeckt zu sein scheint. Soeben hat er die Funktionsweise der Egge erklärt und erwartet von dem Reisenden ein Signal, dass er sie verstanden hat. Dieser hingegen macht sich Gedanken über das Gerichtsverfahren als solches und fragt »aus diesem Gedankengang heraus«, ob »der Kommandant der Exekution beiwohnen« werde. Der Offizier fühlt sich durch die Frage »peinlich berührt«, und er antwortet: »Es ist nicht gewiss. Gerade deshalb müssen wir uns beeilen. Ich werde sogar, so leid es mir tut, meine Erklärungen abkürzen müssen.« (17.20–23) Warum ist die Frage nach dem Erscheinen des Kommandanten dem Offizier so unangenehm, und warum begründet er mit der Ungewissheit die Kürzung seines Vortrags? Das ergibt keinen Sinn – es sei denn, die Tatsache, dass ein »Fremder« die Kolonie besucht, setzt je-

ıen Mechanismus in Gang, nach dem »es Zeit ist«: Die Uhr läuft
;ewissermaßen, und es gilt, das Verfahren, nämlich das der Ver-
:wigung des eigenen Blicks im Tode, zu Ende zu bringen, *bevor*
lies durch die Anwesenheit des neuen Kommandanten verhin-
lert werden könnte.

Wenn diese Einschätzung stimmt, wäre der Offizier in Personal-
ınion mit dem alten Kommandanten der Stammvater einer Rei-
ıe von Figuren, die sich bei Kafka aus dem Leben stehlen, ohne
terben zu können. An erster Stelle zu nennen ist der Landarzt
ıus der gleichnamigen Erzählung von 1916/17, es folgen Anfang
1917 der Jäger Gracchus, dessen Name die italienische Überset-
:ung des tschechischen »kavka«/Dohle ist, und der Kübelreiter,
odann der Odysseus in Kafkas Bearbeitung des griechischen
irenenmythos vom Oktober desselben Jahres und schließlich
osefine in Kafkas letzter Erzählung (vgl. den Kommentar zu
liesen Erzählungen in: Franz Kafka, *Das Urteil und andere Er-*
:ählungen [SBB 36]; vgl. auch Kremer, S. 151: »Sein Tod ist wie
ler des Jägers Gracchus kein gelungener Tod«).

Welche Rolle aber spielt vor dem Hintergrund dieser Interpre-
ation der Reisende? Seine Funktion ist Gegenstand zahlreicher
iteraturwissenschaftlicher Debatten gewesen: Ist er der segens-
eiche Botschafter abendländisch-aufklärerischer Werte oder im
Gegenteil der Zerstörer einer ursprünglichen Religiosität?
Kommt er als Retter der Entrechteten, oder lädt er als Richter
iber den Richter, der sich zudem der Verantwortung durch die
Flucht von der Insel entzieht, selbst Schuld auf sich? Ist sein
:ögerliches Verhalten gegenüber dem Offizier feige oder beson-
ıen, ist die Faszination, die ihn angesichts von dessen Ausfüh-
ungen ergreift, Symptom seiner Korrumpierbarkeit oder seines
Einfühlungsvermögens?

Oder ist er eine Erfindung des Offiziers, um vor ihm sein
schreibtheater und seinen unvollständigen Tod zu zelebrieren?
Jnd für wen anders stünde er dann als für den Leser selbst, der in
ler Person des Forschungsreisenden die Strafinsel besucht: Er ist
s, der vom ersten, in wörtlicher Rede wiedergegebenen Satz an
n die Erzählung hineingezogen wird und sogleich das Geschäft
ler Entzifferung, sprich: der Interpretation, beginnt. Insofern ist
lie ganze unmenschliche Prozedur tatsächlich ein »Spiel«, als

welches sie der Offizier einmal bezeichnet (17.32). Die Frage nach der Teilnahme des Kommandanten könnte dem Offizier auch deswegen so »peinlich« sein, weil sie sich auf die Zukunft bezieht und damit in die Kompetenz des seine Erzählung organisierenden Autors eingreift. Es wäre die angenommene Ungeduld des *Lesers*, die Kafka beruhigt, indem er den Offizier seine Ausführungen kürzen lässt. Und auch die Peinlichkeit der gesamten Erzählung, die Kafka seinem Verleger Kurt Wolff gegenüber eingesteht, hätte hier ihren eigentlichen Grund: in der Fixierung des Lesers auf die labyrinthische Maschinerie eines im Grunde sehr privaten Textes, während zugleich im Kanonendonner des Krieges die Welt unterzugehen scheint. Dass Kafka seinen Text mit dem Hinweis auf die Zeitläufte – unter geschickter Ausnutzung der Bedeutungsweite des Wortes »peinlich« – legitimiert, ist bereits eine erste Interpretation, mit der Kafka die Lektüre seines Verlegers steuert.

Hat der Reisende nun als der jeweilige Leser das Ende des Textes erreicht, vertreibt er die Figuren, die sich aus ihm heraus mit einem »Sprung« ins wirkliche Leben retten wollen, wie die Schatten aus einem schlechten Traum. Der alte Kommandant aber wird auferstehen mit jeder neuen Lektüre, mit jedem »Reisenden«, der sich in den »Zieraten«, den »Wendungen/Tropen« des Textes verirrt und dabei die schlichte Wahrheit übersieht dass er die Geschichte seiner eigenen Lektüre liest.

Auch das ist freilich eine Interpretation. Man kann sie ablehnen oder mit dem Reisenden sagen: »Mag sein, ich glaube es, dass es dort steht.« Sie unterscheidet sich von anderen Interpretationen aber dadurch, dass sie andere Lesarten nicht von vornherein ausschließt, sondern sie im Gegenteil für jede Lektüre erneut herausfordert. Es ruht noch so manche Zeichnung in der Ledermappe des Offiziers, die sich in den Textapparat einlegen lässt.

Entstehungs- und Textgeschichte

Die zweite Jahreshälfte 1914 steht unter dem Unstern zweier Katastrophen: historisch unter der des Ausbruchs des Ersten Weltkrieges, privat für Kafka unter dem der dramatischen Trennung von Felice Bauer gerade sechs Wochen nach dem ersten Verlöbnis. Zugleich ist die zweite Jahreshälfte 1914 die fruchtbarste Zeit in Kafkas schriftstellerischem Leben. In dem oben wiedergegebenen Brief an seinen Verleger Kurt Wolff (1887–1960) vom 11. Oktober 1916 fasst Kafka beide Katastrophen unter dem Begriff des »Peinlichen« (51.30) zusammen, der auch in der Erzählung selbst, wie oben gesehen, eine Rolle spielt. »Peinlichkeit« und dichterisches Gelingen scheinen zusammenhängen, und zwar so, dass der private und der historische Strang in der *Strafkolonie* brennpunktartig zusammenlaufen. Die Entstehungsgeschichte des Textes ist daher nicht von dem zu trennen, was hier unter der Überschrift »Anregungen« angeführt wird.

Die Auflösung des Verlöbnisses mit Felice Bauer im Askanischen Hof in Berlin, von Kafka als »Gerichtshof im Hotel« bezeichnet (T 658, 23. Juli 1914), ist Auslöser für den Beginn der Arbeit am *Process*. Am 5. Oktober 1914 nahm Kafka zunächst eine, dann eine weitere Woche Urlaub, »um den Roman vorwärtszutreiben« (T 678, 7. Oktober 1914). Zum ungestörten Arbeiten stand ihm die Wohnung seiner ältesten Schwester Elli zur Verfügung. In dieser Zeit entstand auch *In der Strafkolonie*, wahrscheinlich nachdem wegen eines Briefes von Felice Bauers Freundin Grete Bloch, die in dem Berliner Hotel die Rolle der »Richterin« (F 614, T 679) gespielt hatte, die Arbeit am *Process* stockte (eine mögliche Deutung dieses Vorgangs als Schreibimpuls für diese Geschichte wird oben [S. 65 f.] versucht).

Dass die Erzählung in dieser Zeit entstand, wissen wir aus einer Tagebuchnotiz vom 31. Dezember, in der Kafka ein Resümee der zweiten Jahreshälfte zieht: »Seit August gearbeitet, im allgemeinen nicht wenig und nicht schlecht, aber weder in ersterer noch in letzterer Hinsicht bis an die Grenze meiner Fähigkeit, wie es hätte sein müssen, besonders da meine Fähigkeit aller

Voraussicht nach (Schlaflosigkeit, Kopfschmerzen, Herzschwäche) nicht mehr lange andauern wird. Geschrieben an Unfertigem: Der Proceß, Erinnerungen an die Kaldabahn, Der Dorfschullehrer, Der Unterstaatsanwalt und kleinere Anfänge. An Fertigem nur: In der Strafkolonie und ein Kapitel des Verschollenen, beides während des 14 tägigen Urlaubs. Ich weiß nicht, warum ich diese Übersicht mache, es entspricht mir gar nicht.« (T 714 f.)

Wenn man Kafka kennt, weiß man, dass aus dieser Notiz ein großer Stolz auf das Vollbrachte spricht. Das zeigt sich auch darin, dass er die *Strafkolonie* am 20. November Max Brod und am 2. Dezember im Freundeskreis vorlas und dies im Tagebuch festhielt: »Nachmittag bei Werfel mit Max und Pick. ›In der Strafkolonie‹ vorgelesen, nicht ganz unzufrieden, bis auf die überdeutlichen unverwischbaren Fehler.« (T 703)

Kafka scheint zunächst jedoch nicht auf eine Veröffentlichung der Erzählung hingewirkt zu haben. Am 7. April 1915 bietet er zwar die *Strafkolonie*, ohne den Titel der Erzählung zu nennen, dem Schriftsteller und Herausgeber der pazifistisch ausgerichteten Zeitschrift *Die Weißen Blätter* René Schickele (1838–1940) für den Fall an, dass die *Verwandlung* für eine Veröffentlichung dort zu lang sei (vgl. B3 128). Doch erst als der Kurt Wolff Verlag in der Person von Wolffs Stellvertreter Georg Heinrich Meyer (1869–1931) am 11. Oktober 1915 anlässlich der Weitergabe des Fontane-Preises durch Carl Sternheim an Kafka auf Kafka zutritt, kommt Bewegung in die Angelegenheit: Der Verlag wollte die Aufmerksamkeit, die durch die als solche wahrgenommene Preisverleihung zu erwarten war (in Wirklichkeit handelte es sich bloß um die Weitergabe des Preisgeldes), für den Verkauf von Kafkas Büchern nutzen, und so brachte man etwas wahllos eine Titelauflage der *Betrachtung* (d. h. die Restexemplare der ersten Auflage mit neuem Titelblatt) und die *Verwandlung* zweimal kurz hintereinander auf den Markt – als von Kafka schon nicht mehr erwarteten Zeitschriftenabdruck in den *Weißen Blättern* und als selbständige Publikation in der Buchreihe »Der jüngste Tag«. Kafka nimmt diese Geschäftigkeit etwas verwundert zum Anlass, Meyer an die Zusage eines »Novellenbuches« durch Wolff zu erinnern, in dem Kafka unter dem

Titel »Die Söhne« das *Urteil*, den *Heizer* und die *Verwandlung* hätte zusammenfassen wollen. Stillschweigend überträgt er nun diese Zusage auf ein verändertes Konzept, in dem die *Strafkolonie* den *Heizer* ersetzt; der Titel des Novellenbuches soll nun sein: »Strafen« (vgl. oben S. 48.8 und Kommentar).

Die Drucklegung der *Strafkolonie* indes verzögert sich weiter; kein anderer von Kafka freigegebener Text, außer vielleicht ein paar Stücke aus *Betrachtung*, hat nach der Vollendung so lange auf seine Veröffentlichung warten müssen wie diese Erzählung. Außer Kafkas eigenen Bedenken, die er vor allem hinsichtlich der Schlusspartie mehrfach geäußert hat, sind dafür vor allem zwei Gründe zu nennen. Einmal geht aus dem genannten Brief Kafkas an Kurt Wolff vom 11. Oktober 1916 hervor, dass dieser sich gegenüber dem Text recht reserviert geäußert haben muss. Kafka pariert Wolffs Einwände gegen die »Peinlichkeit« der Erzählung zwar durchaus nicht ohne Ironie und Selbstbewusstsein, findet sich aber, nicht ohne auf eine drei Wochen später in München geplante Lesung hinzuweisen, mit der Ablehnung zunächst einmal ab.

Diese Münchener Lesung fand am 10. November 1916 in der »Galerie Goltz« statt (vgl. S. 76) und ist gewissermaßen die Erstpublikation von *In der Strafkolonie*, da Kafka die Erzählung hier zum ersten Mal einer nichtprivaten Öffentlichkeit vorstellte. Freilich scheint der – jedenfalls von Kafka so empfundene – Misserfolg der Münchener Veranstaltung nicht dazu beigetragen zu haben, auf einer Buchveröffentlichung der *Strafkolonie* zu bestehen.

Von Anfang August des nächsten Jahres stammen die von Kafka in sein Tagebuch eingetragenen Versuche, jene »zwei oder drei Seiten« kurz vor dem Ende, die er am 4. September Wolff gegenüber als »Machwerk« bezeichnet, neu zu fassen (vgl. hier S. 45–47). Ob dieser erneuten Beschäftigung mit der Erzählung ein Vorstoß Wolffs oder Brods vorausging, ist ungewiss; auf jeden Fall erhält Kafka am 1. September 1917 – endlich – die Zusage für eine separate Publikation der *Strafkolonie*. Nun aber ist es Kafka selbst, der gegenüber Wolff Zurückhaltung an den Tag legt und darum bittet, »die Geschichte, wenigstens vorläufig nicht herauszugeben« – wohl um weiter an einem neuen Schluss zu arbeiten.

Das nächste Mal ist es der Verlag, der auf Kafka in Sachen *Strafkolonie* zutritt. Am 13. September 1918 – das Ende des Krieges ist abzusehen – kündigt Meyer in einem Brief an Kafka an, dass ihm Wolff über die Drucklegung seiner Geschichte »nächstens persönlich schreiben« werde (Wolff, Briefwechsel, S. 48). Hintergrund ist der Erwerb der traditionsreichen Offizin (das ist der Fachbegriff für »Druckerei«) Drugulin, die für ihre bibliophilen Produkte berühmt war, durch Kurt Wolff, und für die nun Titel akquiriert werden mussten (vgl. Unseld, S. 169). Vier Wochen später, am 11. Oktober, schreibt Wolff tatsächlich an Kafka: »Herr Meyer hat wohl in seinem letzten Brief Ihnen mitgeteilt, daß ich beabsichtige, Ihnen wegen der Strafkolonie zu schreiben: Ich möchte Ihnen nämlich gern vorschlagen, daß wir diese Dichtung, die ich ganz außerordentlich liebe, wenn sich meine Liebe auch mit einem gewissen Grauen und Entsetzen über die schreckhafte Intensität des furchtbaren Stoffes mischt, jetzt im Rahmen einer kleinen Gruppe neuer Dichtungen, die als ›Drugulin-Drucke‹ erscheinen sollen, herausgeben.« (Wolff, Briefwechsel, S. 49) Kafkas Zustimmung erfolgte verzögert, weil er heftig an der Spanischen Grippe erkrankt war, die ihn an den Rand des Todes brachte. Trotzdem ließ er – vielleicht über Brod – eine Zusage übermitteln und offenbar darum bitten, ihm das Manuskript noch einmal zur Überarbeitung zu überlassen. Wolff antwortet am 4. November: »Als ganz besonders große Freundlichkeit fasse ich es auf, daß Sie noch von Ihrem Krankenlager aus mir eine zusagende Antwort auf meine Bitte, die ›Strafkolonie‹ betreffend, geben ließen. [...] Ich habe Auftrag gegeben, daß Ihnen von Leipzig aus sofort das Manuskript eingeschrieben zwecks nochmaliger Durchsicht zugeschickt wird.« (Wolff, Briefwechsel, S. 50) Nachdem Kafka die Krankheit überwunden hat, ist es ihm offenbar wichtig, nach der sofort erfolgten Bearbeitung des Manuskripts Wolff noch einmal persönlich seine Zustimmung zu bestätigen. Er schreibt: »Fast mit dem ersten Federstrich nach einem langen Zu-Bett-liegen danke ich Ihnen herzlichst für Ihr freundliches Schreiben. Hinsichtlich der Veröffentlichung der ›Strafkolonie‹ bin ich mit allem gerne einverstanden, was Sie beabsichtigen. Das Manuskript habe ich bekommen, ein kleines Stück herausgenommen und schicke es heute wieder an den Verlag zurück.« (Wolff, Briefwechsel, S. 50) Und mit getrennter Post formuliert er im Begleitschreiben zu dem Manuskript seine Wünsche an den »Sehr geehrten Verlag«:

»In der Beilage schicke ich Ihnen das etwas gekürzte Manuscript der ›Strafkolonie‹. Mit den Absichten des Herrn Kurt Wolff hinsichtlich einer Veröffentlichung bin ich völlig einverstanden. Ich bitte zu beachten, daß nach dem mit ›eisernen Stachels.‹ endigenden Absatz (Seite 28 des Manuscripts) ein größerer freier Zwischenraum, der mit Sternchen oder sonstwie auszufüllen wäre, einzuschieben ist.« (Wolff, Briefwechsel, S. 51) Offenbar hatte Kafka das Projekt eines neuen Schlusses aufgegeben und den ihn besonders störenden Teil vor dem eigentlichen Ende der Erzählung einfach gestrichen, so dass nun zwischen dem Tod des Offiziers und der Rückkehr des Reisenden zur Kolonie eine zeitliche Lücke klaffte, die Kafka grafisch durch die Sternchen kenntlich machen wollte. Welche Eingriffe Kafka im Einzelnen vornahm, ist nicht zu sagen, da kein Manuskript der Erzählung überliefert ist, auch nicht jene – noch ungekürzte – Abschrift, die der Münchener Zensurbehörde zur Genehmigung der Lesung vorgelegen hat.

Obwohl nun alle Hindernisse beseitigt schienen, verzögerte sich die Drucklegung der *Strafkolonie* aufgrund der äußeren Umstände nach dem Kriege (dargestellt bei Unseld, S. 170–172) weiter, und das Büchlein erschien Oktober 1919 in einer einmaligen Auflage von 1000 Stück. Ein weiterer Druck erfolgte erst 1935 in Band 1 der von Max Brod in Gemeinschaft mit Heinz Politzer herausgegebenen ersten Werkausgabe (*Gesammelte Schriften*, Bde. I-VI, Prag 1935–1937); die Vereinigung der drei Erzählungen *Das Urteil*, *Die Verwandlung* und *In der Strafkolonie* unter dem Titel »Strafen« fand erst 2001 statt.

Zur Aufnahme der Erzählung beim zeitgenössischen Publikum

Die Münchener Lesung

Die dokumentierte Wirkungsgeschichte der *Strafkolonie* wird nicht durch das Erscheinen des Buches fünf Jahre nach dem Entstehen der Erzählung angestoßen, sondern durch die einzige öffentliche Lesung eines eigenen Werkes durch Kafka außerhalb von Prag (hinzu kommt nur noch der Vortrag des *Urteils* am 4. Dezember 1912 bei einem »Prager Autorenabend«). Die »Galerie Goltz« in München kündigte Kafkas Auftritt im Rahmen der »Abende für Literatur« mit zweierlei unverfänglichen Anzeigentexten an, die, wohl auch in Rücksicht auf die Zensur, der die Erzählung vorzulegen war, deren Titel verschwiegen: »Franz Kafka, der Erzähler, dem im Vorjahr der Fontanepreis überwiesen wurde, liest am Freitag, den 10. Nov., im Kunstsalon Goltz eine bisher unveröffentlichte Novelle; im zweiten Teil Gedichte von Max Brod.« (Born 1, S. 118) In der zweiten Anzeige, die in der Ausgabe des Textes von Wagenbach wiedergegeben wird (S. 64), ist gar in offenbar verschleiernder Absicht von einer »Tropischen Münchhausiade« die Rede – was das Publikum für die tatsächliche Darbietung nicht unbedingt empfänglicher gemacht haben dürfte. Der Veranstalter war übrigens nicht aus freien Stücken, sondern auf Vermittlung Max Brods auf Kafka zugekommen, wie dieser am 19. September 1916 etwas enttäuscht gegenüber Felice Bauer vermerkt.

Die Resonanz auf die Lesung war für Kafka wenig erfreulich, auch wenn die lange nach dem Ereignis verfasste und in ihrer Drastik sonst nirgends bestätigte Schilderung des Schriftstellers Max Pulver (1889–1952) übertrieben sein dürfte: »Ein dumpfer Fall, Verwirrung im Saal, man trug eine ohnmächtige Dame hinaus. Die Schilderung ging inzwischen fort. Zweimal noch streckten seine Worte Ohnmächtige nieder. Die Reihen der Hörer und der Hörerinnen begannen sich zu lichten. Manche flohen im letzten Augenblick, bevor die Vision des Dichters sie überwältigte. Niemals habe ich eine ähnliche Wirkung von gesprochenen Worten beobachtet.« (Born 1, S. 119) Wie aus den drei bekannten Zeitungskritiken Münchener Tageszeitungen hervor-

geht (ebd., S. 120–123), konnte das Publikum insgesamt wenig mit der Erzählung anfangen, was wohl auch mit an Kafkas Vortragsweise gelegen hat.
Kafka hat das in den Kritiken Geäußerte durchaus ernst genommen, was bis in die Gestalt hinein, in der wir die Erzählung heute lesen, Konsequenzen gehabt haben könnte: Schreibt doch einer der Rezensenten: »Auch durfte nach dem grotesken Tod des Offiziers, der, für sein sinnreiches Instrument keine Anerkennung mehr findend, sich selbst ihm als letztes Opfer darbietet, die Erzählung nicht so endlos langsam verebben.« (Ebd., S. 120 f.) Leider ist die Vortragsfassung der Geschichte nicht überliefert; auf die Druckfassung aber trifft diese Beschreibung des Rezensenten nicht mehr zu: Der kontinuierliche Zeitstrom der Erzählung bricht mit dem Tod des Offiziers ab, und es folgen nur noch die zwei vergleichsweise handlungsgesättigten Seiten mit dem Besuch des Grabes und dem fluchtartigen Abschied des Reisenden: Das kann mit »endlos langsam verebben« kaum gemeint sein, so dass anzunehmen ist, dass Kafka hier ein Stück aus der Erzählung herausgenommen hat (vgl. zur Entstehung S. 74 f.).

Rainer Maria Rilke

Ein besonders wertvolles Rezeptionszeugnis der Münchener Lesung findet man nicht in den Zeitungen, sondern in einem Brief Kafkas an Felice Bauer, die eigens aus Berlin nach München gekommen war. Kafka schreibt ihr am 7. Dezember 1916: »Du fragst nach Kritiken über die Vorlesung. Ich habe nur noch eine aus der Münchner-Augsburger Zeitung bekommen. Sie ist etwas freundlicher als die erste, aber, da sie in der Grundansicht mit der ersten übereinstimmt, verstärkt die freundlichere Stimmung noch den tatsächlich großartigen Mißerfolg, den das Ganze hatte. Ich bemühe mich gar nicht, auch noch die andern Besprechungen zu bekommen. Jedenfalls muß ich die Berechtigung der Urteile fast bis zu ihrer Wirklichkeit zugeben. Ich habe mein Schreiben zu einem Vehikel nach München, mit dem ich sonst nicht die geringste geistige Verbindung habe, mißbraucht und habe nach 2jährigem Nichtschreiben den phantastischen Übermut gehabt, öffentlich vorzulesen, während ich seit 1½ Jahren in Prag meine[n] besten Freunden nichts vorgelesen habe. Übrigens habe ich mich in Prag auch noch an Rilkes Worte erinnert. Nach etwas sehr Liebenswürdigem über den Heizer meinte er, weder in Verwandlung noch in Strafkolonie sei diese Konsequenz wie dort erreicht. Die Bemerkung ist nicht ohne weiteres zu verstehen, aber einsichtsvoll.« (F 743 f.) Sonderbarerweise hat man bis durch die Richtigstellung Hartmut Binders im Jahre 1991 (Prager Profile, S. 36–38) diese Stelle lange Zeit überlesen und ist davon ausgegangen, dass sich die beiden Prager Dichter nie begegnet seien. Nach freundlicher Auskunft von Hella Sieber-Rilke vom Rilke-Archiv in Gernsbach hatte sich Rilke, der zu diesem Zeitpunkt in München weilte, den Termin der Kafka-Lesung in seinen Kalender eingetragen, worauf auch Binder hinweist. Noch in einem Brief an Kurt Wolff vom 17. Februar 1922 bittet Rilke darum, ihn für alles, »was von Franz Kafka an den Tag kommt«, vorzumerken, er sei sicher »nicht sein schlechtester Leser« (Wolff, Briefwechsel, S. 152). Schon zu den beiden *Gesprächen*, die 1909 in der kurzlebigen Zeitschrift *Hyperion* erschienen waren, hatte Rilke notiert »Merken: Franz Kafka/ Gespräch mit dem Beter und dem Betrunkenen:/Hyperion: VIII. Heft 1909.« (Auskunft von Hella Sieber-Rilke)

Kurt Tucholsky

Das Echo auf die Buchveröffentlichung ist gering und weitgehend verständnislos, mit einer Ausnahme: Kurt Tucholsky (1890–1935) widmet unter seinem Pseudonym Peter Panter der *Strafkolonie* in der *Weltbühne* vom 3. Juni 1920 einen enthusiastischen Essay, der am 13. Juni 1920 gekürzt auch im *Prager Tagblatt* zum Abdruck kommt. Tucholsky stellt die *Strafkolonie* thematisch und in ihrer Wirkung in die Tradition von Heinrich von Kleists (1777–1811) Novelle *Michael Kohlhaas* (1808): »Seit dem Michael Kohlhaas ist keine deutsche Novelle geschrieben worden, die mit so bewußter Kraft jede innere Anteilnahme anscheinend unterdrückt und die doch so durchblutet ist von ihrem Autor.« (Born 1, S. 94) Und als hätte er so manchen interpretatorischen Fehlgriff nachfolgender Generationen von Literaturwissenschaftlern geahnt, verneint Tucholsky einen Zusammenhang mit der seinerzeit recht beliebten sadistischen Schundliteratur und verwahrt sich auch gegen eine schlicht gesellschaftskritisch-allegorische oder gar heilsgeschichtlich-christliche Interpretation. Statt dessen erkennt er die traumhafte Struktur der Erzählung, und er schließt mit der ironischen Bemerkung: »Ihr müßt nicht fragen, was das soll. Das soll garnichts. Das bedeutet garnichts. Vielleicht gehört das Buch auch garnicht in diese Zeit, und es bringt uns sicherlich nicht weiter. Es hat keine Probleme und weiß von keinem Zweifeln und Fragen. Es ist ganz unbedenklich. Unbedenklich wie Kleist.« (Ebd., S. 96) Kafka muss dieser Vergleich sehr gefreut haben, war doch, was Tucholsky nicht wissen konnte, der *Michael Kohlhaas* für Kafka beinahe »jenes Vollkommene, von dem ich gern behaupte, daß es nicht existiert« (F 291 f., 9./10. Februar 1913).

Annäherungen

Dieser Teil des Kommentars enthält zunächst einen angesichts der schier unübersehbaren Literatur zu Kafka im Allgemeinen und zur *Strafkolonie* im Besonderen zwangsläufig lückenhaften Forschungsüberblick, der in zeitlicher Folge wichtige oder rezeptionsgeschichtlich bedeutsame oder auch in der Art ihrer Fehldeutung charakteristische Positionen zur *Strafkolonie* präsentiert.

In einem zweiten Abschnitt zur Forschung werden Forschungsergebnisse referiert, die sich auf Erfahrungshintergründe beziehen, die in die Erzählung eingeflossen sein mögen. Gewarnt wird davor, in solchen Realienfunden ohne weiteres »Quellen« zu sehen, weswegen hier von (möglichen) »Anregungen« die Rede ist. Zu beiden Forschungsreferaten ist ergänzend der Stellenkommentar hinzuzuziehen.

Das Kapitel »Aneignungen« beschäftigt sich mit dem Weiterleben der *Strafkolonie* im Werk anderer Künstler und in anderen Medien wie der Oper. Es handelt sich hier in auffälliger Weise fast ausnahmslos um relativ junge Werke. Offenbar bedurfte es geraumer Zeit, bis sich Künstler an das Sujet heranwagten.

Deutungslinien

Es ist nichts Ungewöhnliches, dass es zu einem Text, gerade zu einem Text von hoher künstlerischer Qualität, verschiedene, auch gegensätzliche Deutungen gibt. Im Falle Kafkas indes scheint der Widerstreit der Interpretationen eine andere Qualität anzunehmen. Die zahlreichen, einander oft ausschließenden Interpretationen der *Strafkolonie* lassen die Frage aufkommen, ob die Vieldeutigkeit, ja die Missverständlichkeit des Textes nicht Teil von Kafkas Erzählstrategie selbst ist. In diesem Fall träte die Frage, was der Autor in seinem Text wirklich »gemeint« habe, hinter jene nach der Struktur und dem Zweck ihrer prinzipiellen Deutungsoffenheit zurück (vgl. hierzu die Eingangsbetrachtung zu diesem Kommentar). Kafka selbst hat diese Fragestellung in seiner letzten Erzählung, *Josefine, die Sängerin*

oder Das Volk der Mäuse, vorweggenommen. In diesem Text geht es darum, ob der »Gesang« der Hauptfigur nicht in Wirklichkeit bloß ein »Pfeifen« sei. Das Pfeifen ist gewissermaßen die Nullform eines poetischen Textes, der sich einerseits einer »Entzifferung«, um den Begriff aus der *Strafkolonie* zu verwenden, grundsätzlich entzieht, der andererseits aber so allgemein gehalten ist (wie das Gesetz der Gesetze »Sei gerecht!«), dass er jedweder Interpretation offensteht und so sein Publikum »bezaubert«, da jeder seine eigene Wahrheit daraus gewinnen kann. Die zentrale Frage der *Josefine*-Erzählung lautet daher: »Wenn es also wahr wäre, daß Josefine nicht singt, sondern nur pfeift und vielleicht gar [...] über die Grenzen des üblichen Pfeifens kaum hinauskommt [...], dann wäre zwar Josefines angebliche Künstlerschaft widerlegt, aber es wäre dann erst recht das Rätsel ihrer großen Wirkung zu lösen.« (D 352) An der Frage nach der »großen Wirkung«, die der Schrift in der *Strafkolonie* vom Offizier zugewiesen wird, aber auch an jener nach der singulären Resonanz des Kafka'schen Werkes überhaupt scheiden sich demzufolge die Lesermeinungen – und auch literaturwissenschaftliche Studien sind, wenn sie gelingen, gut fundierte Lesermeinungen.
Diese Sachlage gilt es bei dem folgenden Referat der wichtigsten Interpretationslinien und auch in Bezug auf die oben vorgeschlagene Lesart im Auge zu behalten: Jede Interpretation löst sich ein Stück weit vom Text, um sich ihm gegenüberstellen zu können, um ihn zu objektivieren, und sie engt ihn in je spezifischer Weise ein, indem sie bestimmte Merkmale hervorhebt und andere ignoriert. Das heißt nicht, dass hier der Beliebigkeit das Wort geredet werden soll; gerade in Bezug auf die *Strafkolonie* wird man in einzelnen Fällen schlicht von Fehldeutungen reden müssen. Dennoch behaupten auch diese als Möglichkeiten des Verständnisses ihr Existenzrecht, bezeichnet doch Kafka selbst einmal seine literarische Projektionsfigur K. in einem Fragment von 1917 als »großen Taschenspieler« (N1 406). Und Taschenspieler erzielen ihre Erfolge bekanntlich dadurch, dass sie die Aufmerksamkeit ihrer Zuschauer durch Pseudoaktionen fesseln, während sich der eigentliche Vorgang, von allen unbemerkt, im Hintergrund vollzieht. Eine falsche Spur könnte also durchaus von Kafka selbst gelegt sein.

Psychoanalytische Deutung

Gleich die früheste umfangreichere Studie zu Kafka, die mit wissenschaftlichem Anspruch auftritt, der Aufsatz *Franz Kafkas Inferno* des Psychoanalytikers Hellmuth Kaiser von 1931, befasst sich in ihrem Hauptteil mit der *Strafkolonie*. Diese Arbeit kann als Muster einer psychoanalytischen Interpretation gelten, auch was ihre methodische Fragwürdigkeit betrifft. Die Gefahr des psychoanalytischen Ansatzes besteht nämlich darin, dass ein komplexes System von Symbolen bereitgestellt wird, das sich wie ein dichtmaschiges Netz über den Text legt. Naturgemäß kommt dabei (wie beim Moiré-Effekt zweier unterschiedlicher übereinandergelegter Gewebe oder Raster) ein Teil der Knotenpunkte des Symbolnetzes auf Textstellen zu liegen, die zu ihnen zu passen scheinen, obwohl die Übereinstimmungen in erster Linie statistischer Natur sind. Tendenziell wird so der Text auf eine Anhäufung von Motiven reduziert, und genau das geschieht bei Kaiser und auch noch in der 1999 erschienenen Studie von Gerhard Rieck, die unkritisch auf Kaiser aufbaut. Beide Autoren lesen die *Strafkolonie* als Manifestation einer verdrängten sadomasochistisch-homoerotischen Disposition. Dass es derartige Tendenzen bei Kafka gibt, wird man in Kenntnis seines Werkes nicht ernsthaft bestreiten; dass sie das eigentliche Thema der *Strafkolonie* seien, schon. Schreibutensilien, und sei es in Nadelform, haben nun einmal in der Regel eine phallische Gestalt, aber nicht jeder selbstreferentielle Text über das Schreiben ist deshalb primär eine koitale Phantasie.

W. Emrich

Die Reihe der großen Gesamtdarstellungen von Kafkas Werk wird eröffnet durch Wilhelm Emrichs umfangreiche Studie aus dem Jahr 1958. Emrich stellt sich mit seinem Buch gegen den religiös-judaistischen Ansatz, den vor allem Max Brod in seinen Nachworten zu den Bänden der von ihm verantworteten Ausgaben, in seiner Kafka-Biographie und in zahlreichen anderen Publikationen vertreten und verbreitet hatte. Emrich liest Kafkas Werk als Auseinandersetzung mit den Lebensbedingungen des Menschen in der modernen Industriegesellschaft und legt dementsprechend in der Betrachtung der *Strafkolonie* den Hauptakzent auf das Aufeinandertreffen zweier Systeme, die auf der einen Seite durch den Offizier und den alten Kommandanten, auf der anderen Seite durch den neuen Kommandanten und den Reisenden repräsentiert werden. Allerdings weigert sich Emrich, im Sieg der neuen Rechtsordnung einen Zuwachs an Humanität anzuerkennen: »Die alte Ordnung hat für die Erlösung den Menschen geopfert. Die neue Ordnung hat für den Menschen die Erlösung geopfert. Beide Ordnungen sind barbarisch.« (S. 226)

H. Politzer

Schon in den dreißiger Jahren konzipierte Heinz Politzer, der an der ersten Kafka-Werkausgabe maßgeblich beteiligt war, weite Teile seiner großen Monographie zu Kafkas Gesamtwerk, die dann 1962 auf Englisch unter dem Titel »Franz Kafka. Parable and Paradox« und drei Jahre später in einer überarbeiteten Fassung auf Deutsch unter dem Titel »Franz Kafka, der Künstler« erschien. Für Politzer ist die Hinrichtungsmaschine als »universales Symbol« die »Vertreterin eines unvermeidlichen Schicksals« (S. 156); Kafka erweise sich in der Erzählung als ein »Mystiker des Masochismus« (S. 166). Politzer arbeitet den religiösen Subtext der *Strafkolonie* heraus, ohne ihn überzubewerten: eine »religiöse Deutung« des Textes sei nicht haltbar (S. 177).

W. H. Sokel

In seiner psychoanalytisch beeinflussten Studie *Franz Kafka. Tragik und Ironie* von 1964, die auch biographische Hintergründe mit einbezieht, beschreibt Walter H. Sokel die *Strafkolonie* als »Wendepunkt in der Entwicklung des Kafkaschen Werkes« (S. 135). An die Stelle der »Sühnetragödien« von *Urteil* und *Verwandlung* trete nun die »tragische Ironie des Offiziers« (S. 153), dem im Tod die Sühne eines Georg Bendemann (*Das Urteil*) oder Gregor Samsa (*Die Verwandlung*) verwehrt sei. Stark ins Zentrum rückt die Figur des Reisenden, der mit seiner Unentschiedenheit und der Ambivalenz seines Verhaltens in der Darstellung Sokels zum eigentlichen negativen Helden der Erzählung wird.

Heils- oder zivilisationsgeschichtliche Deutung

Gegen Sokels Behauptung, »bis zum Zusammenbruch der Maschine [gebe es] keine plötzlichen, rätselhaften und scheinbar unzusammenhängenden Ereignisse« und der »Strafapparat [sei] zu logisch, zu gut und gründlich erklärt, als daß er traumhaft wirken könnte« (S. 136), findet Walter Biemel (und in seiner Nachfolge viele andere) in seiner philosophischen Interpretation von 1968 zahlreiche logische Brüche, die er indes nicht der traumhaften Struktur des Textes zuschreibt, sondern als Signale des Autors verstanden wissen will, das geschilderte Rechtssystem in Frage zu stellen: Das Bauprinzip dieser Erzählung sei da »Umschlagen von Sinn in Widersinn, bis zum Schluß der Widersinn sich selbst aufhebt« (S. 23) – in der Selbstexekution de Offiziers und der Selbstzerstörung des Apparates nämlich, worin zum Ausdruck komme, »daß eine so pervertierte Rechtsauffassung sich selbst aufheben« müsse (S. 31). Diese humanistisch optimistische Interpretation, die in dem Reisenden den Beende eines unmenschlichen Rechtssystems sieht, ist zwar weniger angreifbar als eine offen heilsgeschichtliche Deutung, die angesichts der geschilderten Vorgänge unfreiwillig zynisch wirkt Doch warum dann die ganze, im Text sechsmal zitierte »Mühe« die im Aufbau der Apparatur, ihrer Schilderung und dem Versuch, sie zu verstehen, steckt? Auch Biemel »glaubt« in letzte Konsequenz den Schilderungen des Offiziers, indem er die Funktionsweise des Apparates nicht eigentlich in Frage stellt, sonder lediglich mit einem negativen Vorzeichen versieht.

All diesen Darstellungen ist gemein, dass sie mehr oder wenige unkritisch den Ausführungen des Offiziers folgen und die grundsätzliche Funktionstüchtigkeit des Apparates, insbesondere seine heilstiftende Potenz, und die Tatsache seines Versagens bei de Selbstanwendung durch den Offizier nicht in Frage stellen. Fü Gerhard Kurz (1980) etwa sind die Aussagen des Offiziers s über jeden Zweifel erhaben, dass dieser selbst ihnen in seine Handlungen und Gesten nicht mehr gerecht werde. Uneingestandenermaßen habe er bereits »Teil an der Denkweise der neuen Zeit« (S. 54). »Weil er sich gegen den Tod wehrt«, der doc der Zweck der Maschine sei, sei »auch sein eigener Tod kein Erlösung, kein ›Spiel‹« (S. 55) mehr – wie angeblich für sein Vorgänger unter der Egge. Und noch 2000 ist Christian Schär der Meinung, die »Selbstauflösung des Apparats und der heillose Mord an dem Offizier« stünden »für den endgültigen Eintritt in eine rechtsstaatliche Auffassung von Schuld und Strafe (S. 99).

W. Müller-Seidel

Gegen die heilsgeschichtliche Deutung der Erzählung wende sich mit Vehemenz erst Walter Müller-Seidel (1986). Statt au Sinnsuche setzt er auf eine auf einer genaue Untersuchung de historischen Umfeldes, innerhalb dessen die *Strafkolonie* ent standen ist (vgl. unten »Anregungen«). Aus Müller-Seidels Buch spricht eine bis ins Polemische gehende – und durchaus nicht unberechtigte – Empörung gegen die Verniedlichung von Kafkas Foltermaschine zu einem Verklärungsautomaten. Müller-Seidel insistiert auf der Tatsache, dass alles, was wir über die Maschine erfahren, aus dem Munde ihres einzigen Befürworters stammt. Die strenge Perspektivierung in der Erzählhaltung von Kafkas Texten ist schon Friedrich Beißner aufgefallen, den Müller-Seidel als einen Vertreter der sogenannten werkimmanenten Interpretation, die möglichst wenig Information von außen an literarische Texte heranträgt, bekämpft. Beißners Ansatz ist mit der Argumentationslinie Müller-Seidels jedoch durchaus vereinbar, stützt sie sogar von erzähltheoretischer Seite. Statt von »Einsinnigkeit«, die genau Stanzels »personaler Erzählsituation« entspricht, muss man in Bezug auf die *Strafkolonie* jedoch von einer streng durchgehaltenen Außenperspektive sprechen, die das Erzählmodell, das im *Process* zur Anwendung kommt und durch das wir vollständig in die Welt der Hauptfigur Josef K. eintauchen, genau umkehrt. Wir bekommen ausschließlich die Weltsicht des Offiziers geliefert (selbst Gegenargumente formuliert er in Rollenrede selbst), aber wir erfahren sie nicht in seiner Selbstwahrnehmung, wie es der personalen Erzählsituation entspräche, sondern in der Wahrnehmung des Reisenden. Der Bezug dessen, was der Offizier sagt und tut, zur Wirklichkeit bleibt mangels einer Bestätigung von dritter Seite dunkel – so dunkel wie der wirkliche, von »Zieraten« befreite Text auf den Zeichnungen des alten Kommandanten.

»post-moderne« Positionen

Seit Mitte der 1970er Jahre ist in der Literaturwissenschaft, wie anderswo auch, ein Paradigmenwechsel, oder genauer: eine Paradigmenverschmelzung zu beobachten. Damit ist gemeint, dass die einzelnen Forschungsbeiträge nicht mehr einer bestimmten Methode folgen, sondern verschiedene Theoriemodelle (»Paradigmen«) und Zugangsweisen gleichzeitig anwenden. Dieses Phänomen ist auch aus anderen Bereichen des Kulturlebens bekannt und wird gern mit dem Begriff der Postmoderne belegt. Zugleich hat die – nicht zuletzt im Zusammenhang mit der entstehenden *Kritischen Ausgabe* intensivierte – Erforschung des historischen Umfeldes und der Entstehungsbedingungen des

Kafka'schen Werkes eine Fülle von Details ans Licht gebracht, die mit den verschiedenen Theorieansätzen eine oft anregende Allianz eingehen, auch wenn die Ergebnisse nicht immer haltbar scheinen (vgl. dazu das weiter unten zu »Anregungen« Gesagte). Zudem konnte es nicht ausbleiben, dass Kafka, der sich wie kein anderer in seinem Werk mit dem Schreiben auseinandergesetzt hat, ja, der »Schreiben als Form des Gebets« (N2 354) verstand, für die neuere Literaturwissenschaft mit ihrem geschärften Interesse für mediale Phänomene eine besondere Rolle einnehmen würde. Für die *Strafkolonie* gilt das natürlich in besonderem Maße.

Methodisch tritt in einigen dieser neueren Arbeiten tatsächlich ein Paradigma der älteren Literaturwissenschaft in die zweite Reihe: das der Allegorese, die, ausgehend von den Deutungsangeboten Max Brods, gerade die Kafka-Forschung lang dominiert hat. Es geht nicht mehr primär darum, was dieses oder jenes Motiv »bedeutet«, »wofür« es steht, sondern welche Funktion es innerhalb der Erzählung und in Kafkas Werk generell hat. Die Suche nach einem bestimmten Kode, mit dessen Hilfe sich der Text entschlüsseln lassen soll, tritt ebenso in den Hintergrund wie die moralische Bewertung der einzelnen Figuren und die psychologisierend-einfühlsame Suche nach den Motiven ihres Handelns.

G. Deleuze/ F. Guattari

An den Anfang dieser »postmodernen« oder »post«- oder »neostrukturalistischen« Kafkalektüre kann man das Büchlein von Gilles Deleuze (1925–1995) und Félix Guattari (1930–1992) von 1975 stellen, das sich mit seinem Untertitel *Für eine kleine Literatur* auf ein frühes, für Kafkas Sprach- und Literaturverständnis zentrales Essayfragment bezieht: »Es geht uns gewiß nicht«, so die Autoren programmatisch, »um interpretierende Deutung nach dem Muster: Dies bedeutet jenes. Und wir suchen schon gar nicht nach einer ›Struktur‹ mit formalen Oppositionen und säuberlich herausgeschälten Signifikanten.« Stattdessen glauben Deleuze und Guattari »nur an eine oder mehrere *Maschinen* Kafkas, die weder Strukturen noch Phantasien sind. Wir glauben nur, daß Kafka *Experimente* protokolliert, daß er *nur Erfahrungen berichtet* [das ist eine Paraphrase des letzten Satzes des *Berichts für eine Akademie*], ohne sie zu deuten, ohne ihre

Bedeutung nachzugehen.« (S. 12) Die »Maschine« in der *Strafkolonie* wird so zur zentralen Metapher für Kafkas Werk überhaupt, auch wenn diese Erzählung selbst nur am Rande in die Betrachtung einbezogen wird.

Hans Helmut Hiebel (S. 129 ff.) stellt 1983 die *Strafkolonie* in den Kontext von vier sich nur teilweise überlappenden »Bezugswelten«, die eine eindeutige Zuordnung der einzelnen Motive hintertreiben, so dass die Metaphorik ins »Gleiten« gerät. Als Bezugswelten werden erstens genannt »eine despotische und absolutistische (bzw. totalitäre)«, vor deren Hintergrund die *Strafkolonie* als »historische Parabel« erscheint, »die das Ende des Absolutismus inszeniert« bzw. »prophetisch« das »totalitäre Standrecht« der Diktaturen des 20. Jahrhunderts »antizipiert«; zweitens die der »besonders durch das Bild der elektrisch betriebenen Maschine nahegelegte« der »neuzeitlichen Gesellschaft«, wo »allseitige Kontrollen und Normierungen« und »restlose Ausschöpfung der Arbeitskraft usw. sich zu einer ›Strafmaschinerie‹ zusammenschließen«; drittens die »private, familiale, psychologische«, in der die *Strafkolonie* als ein Traum erscheint, in dem sich, gemäß der Traumlehre Freuds, rezente Erlebnisinhalte (»Tagesreste«) mit frühkindlichen, ins Unbewusste abgesunkenen Erinnerungen amalgamieren; und viertens die »theologische«, wo der »alte Kommandant« als »Anspielung auf Gott und seinen ersten Gesetzgeber Moses« figuriert und das Vergehen des Delinquenten in der »in der Erbsünde weitergegebenen Daseinsschuld« beruht. – Die Stärke, aber auch das Ungenügen von Hiebels Zugang liegt darin, dass er nicht versucht, die »blinden Stellen« in all diesen Bezugswelten zu marginalisieren und »Sperrigkeiten, Heteronomien«, wo die »Kongruenzen nicht aufgehen«, in ihrer Beziehung zueinander wegzuinterpretieren, sondern sich dem »paradoxen Nebeneinander von theologischer Symbolik und Weltsatire« (S. 152) zu stellen. Die eigentliche Paradoxie der Geschichte liegt jedoch nicht in den Widersprüchen, die sich an der Oberfläche abzeichnen, sondern in dem erzählten Mechanismus von Strafe und Erlösung selbst.

H. H. Hiebel

Auch die »dekonstruktivistische« Lektüre der *Strafkolonie*, die Axel Hecker 1998 vorgelegt hat, stellt im Wesentlichen zwei, in ihren Grundzügen nicht neue »Lesarten« der *Strafkolonie*

A. Hecker

nebeneinander: Nach der einen bewirkt das Eingreifen des Reisenden die »Aufhebung der Barbarei« (S. 80 ff.), nach der anderen ist es der Offizier, der mittels einer »höheren Art von *Pädagogik*« (S. 93) auch derart dumpfe Existenzen wie den Verurteilten dem Strahl der Vergeistigung öffnet. Der Reisende tritt hier als der große Zerstörer auf, der die immerhin eine »Gnadenfrist« der Erkenntnis gewährende Schrift des Offiziers durch eine »sofort tötende«, »lesbare Schrift des Wissens, der Erkenntnis und der Theorie« (S. 92) ersetzt. Einmal abgesehen von der Frage, ob man diesen zynischen Gedanken Kafka zumuten möchte, funktionieren *beide* Lektüren nur, wenn »die Suggestion [...], ein in mehr als einer Hinsicht abwegiger, sich gegen das Verständnis sträubender Vorgang könnte wirklich so stattgefunden haben« (S. 80), als Erzählvoraussetzung ernst genommen wird – und das heißt nichts anderes, als die Worte des Offiziers für bare Münze zu nehmen. Heckers Fazit indes ist, wenn man die *Strafkolonie* denn als Thesenstück über die Zivilisationsgeschichte des Menschen lesen will, nicht ganz unbrauchbar: Der »eigentümliche Apparat« bringe »Begriffe, »die moralisch positiv belegt sind, – ›Vernunft‹, ›Recht‹, ›Gerechtigkeit‹, ›Menschlichkeit‹, ›Leben‹ – in eine beunruhigende Nähe [...] zu Begriffen, für die das Gegenteil gilt: ›Gewalt‹, ›Unterwerfung‹, ›Grausamkeit‹, ›Unmenschlichkeit‹, ›Tod‹« (S. 114 f.). Ganz im Sinne des Dekonstruktionsbegriffs von Jacques Derrida (1930–2004) verschwimmt der Unterschied, die »Differenz« zwischen beiden Dimensionen, ohne je ganz zu verschwinden; der Hinrichtungsapparat des Offiziers ist daher eine »Dekonstruktionsmaschine«, die »die reale und metaphorische Gelenkstelle all der Ambiguitäten bildet, die die *Strafkolonie* im Umfeld der grundlegenden Opposition von ›Vernunft‹ und ›Gewalt‹ inszeniert« (S. 118).

G. Bartl

In seiner durch verschiedene Theoriemodelle etwas überinstrumentierten Studie über die »Fleischwerdung der Literatur im zwanzigsten Jahrhundert« sieht Gerald Bartl in der juristischen Fiktion des Textes, die Idee von Deleuze/Guattari aufgreifend den Vorwand für ein »sprachanalytisches Experiment« (S. 260) da der Sinn der »tödlichen Einschreibung [...] weder in der Vergeltung noch in der Prävention liegen kann«. Demnach erstell

Kafka in seiner Apparatur eine »Experimentalanordnung [...], die keinen juridischen Theorien genügen will, sondern allein sprachanalytisch zu lesen ist. Die Apparatur [...] setzt mechanisch ins Bild, welche Bewahrheitungsfunktion dem Körper im Spiel der Zeichen zukommen kann, vielleicht auch muß, wenn die Zeichen einer Bewahrheitung durch sich selbst nicht fähig sind.« (S. 251) Letztlich jedoch scheitert diese »Inszenierung einer Körperlichkeit von Schrift« (S. 259) daran, dass den Beobachtern der »Sinn der Inschrift [...] verschlossen« bleibt (S. 261).

K. H. Bohrer

Den Schluss dieses Forschungsüberblicks soll ein Hinweis auf die Polemik von Karl Heinz Bohrer bilden, die im Maiheft 2006 des *Merkur* unter dem provokanten Titel »Literatur oder Wirklichkeit« erschienen ist. Ohne zu bestreiten, »daß Literatur und Kunst genetisch etwas zu tun haben mit ihrer jeweiligen Epoche« (S. 426), besteht Bohrer gegen die Tendenz, literarische Texte historisch zu kontextualisieren und auf eine Aussage im Hinblick auf diese Kontexte zu reduzieren, auf der Inkommensurabilität der künstlerischen Sprache mit jener der »Realität«. Dieser Unvereinbarkeit beider Welten (Bohrer spricht von »Differenz«) ist mit der Methode der Allegorese nicht beizukommen. Eines, das prägnanteste seiner Beispiele für eine solche kulturhistorische Fehllesung ist die Rezeption der *Strafkolonie*. »Es verwundert nicht«, so Bohrer, »daß Schul- und Universitätslektüre in diesem Prosastück eine Allegorie, eine Parabel der Lagerwelt des 20. Jahrhunderts gesehen hat, die prophetische Seismographie ihrer Grausamkeit.« Doch Kafkas Text sei »keine politische Parabel, sondern eine Metapher über die Tortur ästhetischer Imagination. Es klingt fast frivol, das eine gegen das andere auszuspielen, also das vermeintliche Engagement gegen die Grausamkeit und die Identifikation mit der Grausamkeit. [...] Wie kann man so selbstbezogen sein, Grausamkeit, Folter als selbstreferentielle poetische Formel der poetischen Reflexion und als poetische Metapher [zu] benutzen, wo die Grausamkeit der Epoche, das ist der Erste Weltkrieg, zum Himmel schreit!« (S. 429) Kafka mag die Frivolität dieses Selbstbezuges im Sinn gehabt haben, als er Kurt Wolff gegenüber von »diesem Peinlichen« sprach, das »in dieser oder jener Form« allen seinen Schriften anhafte (vgl. 51.30–31).

Anregungen

Der einerseits so fremdartige, andererseits aus den Erfahrungen der Alltagswelt gespeiste Charakter von Kafkas erzählerischem Werk hat dieses zu einem bevorzugten Betätigungsfeld der positivistischen Literaturwissenschaft werden lassen. Welche persönlichen Erlebnisse stehen hinter einzelnen Motiven? Aus welchen Büchern zog Kafka, der kaum gereist ist, seine Informationen für die Schilderung fremdartiger Umgebungen? Spiegelt sich seine jüdische Herkunft in bestimmten Strukturen seiner parabolischen Texte? In der Tat haben derartige Fragestellungen eine beeindruckende Fülle von biographischen und sachlichen Details ans Licht gebracht, die für das Verständnis von Kafkas Werken von großer Bedeutung sind. Das gilt auch für die *Strafkolonie*, die durch ihr schockierendes Sujet zu besonderer Findigkeit anregte.
Man muss sich jedoch davor hüten, aus den sogenannten Quellen unmittelbar auf eine bestimmte Autorintention zu schließen – als ginge es dem Schreibenden in erster Linie darum, Erlebtes, Gelesenes, Erfahrenes in verfremdeter Form zur Darstellung zu bringen. Hier ist daher nicht von »Quellen« die Rede, sondern vorsichtiger von Anregungen, die zu der ungeheuerlichen Kulisse der Erzählung beigetragen haben mögen. Dabei kommt es gar nicht so sehr darauf an, ob eine direkte Beeinflussung im Einzelfall stattgefunden hat. Vielmehr geht es um Facetten eines historisches Umfeldes, das Kafkas Erfahrungswelt war und dem er Bilder und Motive entlehnte – wie jeder andere Schriftsteller von Rang auch.
Dieses historische Umfeld umfasst außer der politisch-gesellschaftlichen Situation, in der Kafka lebte, auch seine Lektüren und sein berufliches Fachwissen. Hinzu kommt, bei Kafka besonders wichtig, die private Lebenssituation, die bereits im Eingangskapitel dieses Kommentars geschildert wurde. Der jüdische Hintergrund, der in den religiösen Deutungen etwa von Steinberg oder Grözinger herangezogen wird, wirkt als Textschlüssel wenig überzeugend und spielt in der Sekundärliteratur zur *Strafkolonie* sonst auch eine eher marginale Rolle, während sich Parallelen zur Heilsgeschichte des Neuen Testamentes –

auch in der Abfolge von altem zu neuem Kommandanten, in der sich das Verhältnis von Altem zu Neuem Testament respektive der jeweils favorisierten Rechtsformen spiegeln könnte – nur allzu sehr anbieten.

Deportationsdebatte

Den umfassendsten Versuch einer historischen Kontextualisierung stellt die Untersuchung von Walter Müller-Seidel aus dem Jahre 1986 dar (darauf aufbauend: Neumeyer 2004). Müller-Seidel liest Kafkas Novelle als Auseinandersetzung mit bestimmten Themen, die in der politischen Diskussion der Zeit, nicht zuletzt im Hinblick auf den seit neun Wochen geführten Ersten Weltkrieg, nachzuweisen sind. Als »eine Art Schlüsselfigur« (S. 50) für die *Strafkolonie* wird Kafkas Universitätslehrer für Strafrecht Hans Groß (1847–1915) eingeführt, der mit einem *Handbuch für Untersuchungsrichter* (1893, 5. Auflage München 1908) und einer *Criminalpsychologie* (Graz 1898) hervorgetreten war. Deutlicher als in diesen Lehrwerken tritt Groß' Gesinnung in einer Publikation über *Degeneration und Deportation* (in: *Politisch-Anthropologische Revue* 4 [1905/6], S. 281–316) zutage, wo er sich, indem er sich für die Deportation »Degenerierter« ausspricht, die für die »staatliche Existenz« gefährlicher seien als der »Verbrecher, der aus überschüssiger Lebenskraft« handele, als einer der Wegbereiter nationalsozialistischer Gesinnung erweist. Solche »Degenerierte« sind »der echte Landstreicher, der Professionsspieler, der Überträge, der nur in äußerster Not arbeitet, der sexuell Perverse, der Ewigunzufriedene, der Umstürzler in bescheidenem Maß und unzählig andere« (zit. nach Müller-Seidel, S. 56 f.) – hier kann man sich an Kafkas Verurteilten erinnert fühlen, der ja, in der Perspektive des Reisenden gesprochen, ein »stumpfsinniger breitmäuliger Mensch mit verwahrlostem Haar und Gesicht« (9.15–16) und, wie es später noch einmal heißt, »ein zum Mitleid gar nicht auffordernder Mensch« (23.20–21) ist.

Hans Groß

Robert Heindl

Nur scheinbar eine Gegenposition zu Hans Groß vertritt das Buch von Robert Heindl (1883–1958): *Meine Reise nach den Strafkolonien*, Berlin/Wien 1912 (vgl. Müller-Seidel, S. 80 ff.). Heindl hatte im Auftrag des Kolonial- und des Reichsjustizamtes verschiedene Strafkolonien, u. a. auf Neukaledonien, in Aus-

tralien und China, besucht, um zu prüfen, ob die Einführung de
Strafverschickung, die seit 1884 durch den Aufstieg des Deut
schen Reiches zur Kolonialmacht prinzipiell möglich geweser
wäre, als weitere Spielart des Freiheitsentzugs auch wünschens
wert sei. In seinem Buch, das eine für den Gegenstand beträcht
liche Verbreitung gefunden haben muss – es gab unter dem Tite
»Die Verbrecherinsel« auch einen Vorabdruck in der von Kafka
gelesenen Prager Tageszeitung *Bohemia* –, kommt Heindl zu
dem nicht anders als zynisch zu bewertenden Ergebnis, dass die
Strafverschickung aus Gründen der wirtschaftlichen Vernunft
abzulehnen sei. Der humanitäre Aspekt spielt bei Heindl nu
insofern eine Rolle, als die Deportierten seiner Meinung nach *zu
wenig* arbeiteten, um die Kolonisation voranzutreiben, während
etwa Hinrichtungen ohne jede Anteilnahme referiert werden
Müller-Seidel sieht in diesem »Forschungsreisenden« nicht nu
das reale Vorbild für die Figur des Reisenden in der *Strafkolonie*
sondern in beiden »Brüder im Geiste« (S. 85), und folglich is
Kafkas Reisender für ihn auch kein Held der Aufklärung, zu
dem man ihn vielfach stilisiert hat, sondern ein »Leisetreter«
(S. 134).

Es konnten hier nur zwei Teilbereiche aus Müller-Seidels Plä
doyer für ein politisches Verständnis der *Strafkolonie* heraus
gegriffen werden. Seine Argumentation krankt wie viele ähnli
che Untersuchungen daran, dass sie zugunsten einer umfassen
den äußeren Kontextualisierung ihres Untersuchungsgegenstan
des den privaten Lebenskreis ebenso aus dem Blick verliert wie
Kafkas Werk in seiner Gesamtheit. Das ist bei einem Autor wie
Kafka fatal, der wie kaum ein anderer seine »private Weltge
schichte« (B3 309, am 29. August 1917 an Ottla Kafka) in sei
nen Geschichten verarbeitet und dabei ein dichtes Netz von im
mer wiederkehrenden Motiven knüpft.

Tonaufzeichnungsgeräte

Komplementär zu Müller-Seidels Recherche sucht Wolf Kittler
das »Vorbild« (S. 123) für die Mechanik des Strafapparates, die
in den von Müller-Seidel und Neumeyer ausgewerteten Quellen
keine Entsprechung findet, unter den akustischen Aufzeich
nungs- und Wiedergabegeräten, die Anfang des Jahrhunderts
sowohl im Büroalltag (Diktiergeräte) als auch im Unterhal
tungsbereich (Grammophone) immer weitere Verbreitung fan

den. Kafka war mit der Technik der Tonaufzeichnung durch Felice Bauer vertraut, die bei einer Firma für Diktiergeräte, der Carl Lindström Aktiengesellschaft Berlin, arbeitete. Bei diesen Geräten – das Modell der Firma Lindström nannte sich »Parlograph« – wurden akustische Ereignisse mittels einer durch die Schallwellen in Vibration versetzten Nadel auf eine rotierende wachsbeschichtete Walze eingraviert. Diese linienförmige Gravur versetzte umgekehrt beim Abspielen eine Nadel in Schwingungen, die, durch Schalltrichter verstärkt, dem ursprünglichen Klang entsprachen. Da in der *Strafkolonie* akustische Phänomene bei der Bedeutungsübertragung vom »Zeichner« über die »Egge« auf den Körper des Verurteilten jedoch keine Rolle spielen, vermutet Kittler, dass Kafka an eine »Dupliziermaschine« denkt, bei der ein Wiedergabe- und ein Aufnahmegerät so gekoppelt waren, dass sich die Tonspur der einen Walze, ohne dass das zu hören war, über ein Hebelsystem auf eine frische Walze oder Platte übertrug.

Trotz oder gerade wegen der verblüffenden Übereinstimmungen im Detail und der in Fülle beigebrachten Dokumente, mittels deren es Kittler sogar gelingt, eine Beziehung zwischen der Tonwiedergabe durch Grammophone und dem Reisebericht von Robert Heindl herzustellen, fragt man sich, was Kafka dazu bewogen haben sollte, den Mechanismus einer Dupliziermaschine möglichst treu mit seinem Exekutionsapparat nachzustellen. Man müsste Kafka in diesem Fall schon ein hohes Maß an Zynismus unterstellen, der sich auch tatsächlich Bahn bricht, wenn es bei Kittler heißt: »Kein Wunder also, daß der Verurteilte die Lippen spitzt, ›als horche er‹, und daß die Zuschauer – wie in der Anfangszeit des Phonographen, als die Schallwellen noch nicht über Trichter, sondern durch Hörschläuche übertragen wurden – von seinem Gesicht die Wirkung einer Botschaft abzulesen suchen, von der sie ausgeschlossen bleiben. Es ist die Situation, die man heute noch erleben kann, wenn ein anderer eine akustische Botschaft mit dem Kopfhörer rezipiert.« (S. 127) Auch hier kann man wohl sagen: die Anregung durch die »Sprechmaschinen« der Zeit ist zweifellos, deren Bedeutung für die Interpretation der Erzählung aber doch eher zweifelhaft.

Literarische »Vorbilder«

Die Literaturgeschichte ist nicht gerade arm an Texten, die in bestimmten Details an das Setting der *Strafkolonie* erinnern. Immer wieder genannt werden natürlich die Romane *Justine* (1791/97) des Marquis de Sade (1740–1814) und *Venus im Pelz* (1866) von Leopold von Sacher-Masoch (1836–1895), die Klassiker des nach ihren Autoren benannten Sadismus und Masochismus. Schon 1957 nennt Burns den sadistisch-pornographischen Roman *Le jardin des supplices* (1899, deutsch unter dem Titel *Der Garten der Qualen* 1901/2 in Budapest erschienen; Nachdruck dieser Übersetzung: Erftstadt 2004) von Octave Mirbeau (1848–1917) als Quelle für Kafka. Kafka war mit derartiger Literatur, die um die Jahrhundertwende trotz oder wegen ausgesprochener Verbote so etwas wie eine Blüte erlebte, mit Sicherheit vertraut; allerdings sind die »Übereinstimmungen«, die von Burns genannt und seither immer wiederholt werden, eher oberflächlicher Natur und betreffen nicht den Kern von Kafkas Erzählung, auch wenn Müller-Seidel (S. 143 ff.) Mirabeaus Text als Parteinahme für den französischen Hauptmann Alfred Dreyfus (1859–1935), der wegen Landesverrats, in Wirklichkeit aber aus antisemitischen Gründen 1894 auf die Teufelsinsel bei Cayenne verbannt, 1899 begnadigt und 1906 rehabilitiert worden war, literarisch zu retten versucht. Bekannt waren Kafka sicher auch Fjodor M. Dostojewskis (1821–1881) autobiographisch grundierte *Aufzeichnungen aus einem Totenhaus* (1860–1862), die das Leben in einem sibirischen Arbeitslager beschreiben; die sich auf den Körper niedersenkende Egge erinnert nicht nur Klaus Wagenbach an das tödliche Pendel in der Schauererzählung *The Pit and the Pendulum* (1843) von Edgar Allen Poe (1809–1849); immer wieder genannt wird *Zur Genealogie der Moral* (1887) von Friedrich Nietzsche (1844–1900), wo es u. a. um Schmerz und Askese als Hilfsmittel des Gedächtnisses (»Es gieng niemals ohne Blut, Martern, Opfer ab, wenn der Mensch es nöthig hielt, sich ein Gedächtniss zu machen; die schauerlichsten Opfer und Pfänder [...], die widerlichsten Verstümmelungen [...], die grausamsten Ritualformen aller religiösen Culte [...] – alles Das hat in jenem Instinkte seinen Ursprung, welcher im Schmerz das mächtigste Hülfsmittel der Mnemonik errieth«) und den Zusammenhang von Grausamkeit und Festkultur geht (»Jedenfalls ist es noch nicht zu lange her

Octave Mirbeau

Friedrich Nietzsche

dass man sich fürstliche Hochzeiten und Volksfeste grössten Stils ohne Hinrichtungen, Folterungen oder etwa ein Autodafé* nicht zu denken wusste« [2. Abhandlung, 3. und 6. Abschnitt, in: *Kritische Studienausgabe*, hg. von Giorgio Colli und Mazzino Montinari, München 1999, Bd. 5, S. 295 u. 301]). Weitere Texte werden in der Edition von Wagenbach zitiert. Hier sei lediglich ein Gedanke von Jorge Luis Borges (1899–1986) in Erinnerung gerufen, auf den Ludwig Dietz (S. 155) als Warnung vor allzu eifriger Quellenzuschreibung verweist und der in der paradoxen Vorstellung gipfelt, Kafka *erschaffe* sich seine Vorläufer selbst: »Irgendwann faßte ich den Vorsatz, Kafkas Vorläufer zu untersuchen. Ihn hielt ich anfangs für so einzigartig wie den Phönix der rhetorischen Preisungen; kaum hatte ich mich mit ihm eingelassen, als ich seine Stimme oder seine Gepflogenheiten in Texten verschiedener Literaturen und verschiedener Zeitalter wiederzuerkennen glaubte.« Nach der Präsentation einiger dieser Texte folgert Borges: »Wenn ich mich nicht irre, ähneln die unterschiedlichen Stücke, die ich aufgezählt habe, Kafka; wenn ich mich nicht irre, ähneln sich nicht alle untereinander. Dieser letzte Umstand ist der wichtigere. In jedem einzelnen dieser Texte findet sich mehr oder minder deutlich Kafkas Eigentümlichkeit, aber wenn Kafka nicht geschrieben hätte, würden wir sie nicht wahrnehmen; das heißt, sie würden nicht existieren.«

Ketzerverbrennung

J. L. Borges

Es gibt allerdings einen Text, der mehr motivische und atmosphärische Überschneidungen mit der *Strafkolonie* aufweist als all die genannten und der Kafka mit Sicherheit bekannt war, denn er hat ihn selbst geschrieben, fünf Jahre vor der *Strafkolonie*: *Die Aeroplane in Brescia*. In diesem frühesten literarischen Text über Flugzeuge heißen diese noch Aeroplane oder einfacher: »Apparate«. Das Fluggelände bei der norditalienischen Stadt Brescia, wo der Fliegerwettbewerb, der Gegenstand dieser Reportage ist, stattfand, ist eine »künstliche Einöde [...] in einem fast tropischen Lande«, »glänzende Damen aus Paris und alle andern Tausende sind hier beisammen, um viele Stunden mit schmalen Augen in diese sonnige Einöde zu schauen« (D 404). Die Vorbereitung der Maschinen zum Flug geschieht in aller Öffentlichkeit, »verborgene Schrauben werden gelockert und zugeschnürt; ein Mann läuft ins Hangar*, holt ein Ersatz-

»Die Aeroplane in Brescia«

der H.: Flugzeughalle

stück« (D 406); der Lärm der Propeller (bei Kafka heißen sie noch Schrauben) ist ohrenbetäubend; das Publikum hält es nicht auf seinen »Strohsesseln« (D 407); überall sieht man »alles entwertend die langen Damen der heutigen Mode«; die Schaulustigen stehen »mit gerecktem Hals«, denn »oben ist 20 M. über der Erde ein Mensch in einem Holzgestell verfangen und wehrt sich gegen eine freiwillig übernommene unsichtbare Gefahr« (D 408 f.). Und schließlich die Beschreibung des Fliegers Rougier, »dessen großer schwerer Apparat sich jetzt in die Luft wirft. Rougier sitzt an seinen Hebeln wie ein Herr an einem Schreibtisch, zu dem man hinter seinem Rücken auf einer kleinen Leiter kommen kann.« (D 411) Das Licht, die tropische Einöde, die Damen, der Lärm, die sich auf ein Publikum übertragende Faszination durch »Apparate«, eine nur mit einer Leiter erreichbare, mechanisch funktionierende Schreibzentrale: Es ist müßig darüber zu spekulieren, ob Kafka an all dies bei der Niederschrift der *Strafkolonie* gedacht hat oder ob er – hier wie dort – auf ein Repertoire von Bildern und Motiven zurückgriff.

Kafkas technisches Interesse ist verbürgt, und es kam ihm bei der Ausübung seines Berufes zugute. Seine Aufgabe als Versicherungsjurist, die er mit großem Engagement für die Belange der Arbeiterschaft wahrnahm, bestand nämlich darin, die einzelnen Unternehmen Nordböhmens bestimmten Gefahrenklassen zuzuordnen, nach denen dann die zu entrichtenden Beiträge errechnet wurden, sowie auf die Beseitigung von Gefahrenquellen hinzuwirken, um den Versicherungsfall nach Möglichkeit erst gar nicht eintreten zu lassen. Die Funktionsweise von Maschinen zu beschreiben war ihm daher von Berufs wegen durchaus geläufig. Zudem verschaffte sich Kafka auf verschiedenen Dienstreisen durch die Industrielandschaft Böhmens ein fundiertes Wissen über den Stand der Technik und ihrer Gefahren in ganz unterschiedlichen Betrieben. Ein Industriezweig, der traditionell in Böhmen eine wichtige Rolle spielte, war die Weberei, und in der Tat ist es denkbar, dass im dampfbetrieben Webstuhl, dem damals so genannten »Kraftstuhl«, eine zentrale Anregung für den Apparat in der *Strafkolonie* liegt. So könnte das »Stahlseil«, das sich am Anfang der Prozedur »zu einer Stange« »strafft« (17.31),

Jacquard-Webstuhl

von den Transmissionsriemen inspiriert sein, mit denen die Kraft von an der Decke montierten Wellen auf die in großen Fabrikhallen aufgereihten Webstühle übertragen wurde, und die, da sie keine Ummantelung besaßen, ein Hauptgefahrenmoment für die Arbeiter darstellten. Der fein aufeinander abgestimmten Bewegung von »Bett« und »Egge« entspräche beim automatisierten Webvorgang das Spiel der Kettfäden bei der Bildung der sogenannten Fächer, durch die dann das Schiffchen mit dem Schussfaden geschleudert wird. Die augenfälligste Übereinstimmung indes besteht in der Art der Programmierung der Geräte: Um gemusterte Gewebe zu erzeugen, benutzte man die nach ihrem Erfinder Joseph-Marie Jacquard (1752–1834) benannte Jacquardmaschine, die, nach ihrer Erfindung im Jahre 1808 zunächst heftig angefeindet, bald die Webereiindustrie revolutionierte. Jacquards Webstuhl verfügte über ein spezielles Getriebe (»Jacquardgetriebe«, man denke an die Zahnräder im »Zeichner«!), das über Lochkarten programmierbar war und so das äußerst aufwendige Präparieren des Webstuhls bei der Erzeugung gemusterter Stoffe überflüssig machte. Dabei entsprach jedem Muster ein besonderer Lochstreifen, der selbst noch nicht als Muster »lesbar« war, sondern der Vermittlung durch die Maschine bedurfte. Genauso entsprechen die verschiedenen »Zeichnungen« des »alten Kommandanten« je einem bestimmten Gesetzestext, der, so jedenfalls die Idee des Apparates, durch die maschinelle Vermittlung lesbar wird. Jacquard war mit seiner Perfektionierung der Lochkartentechnik ein Pionier der Datenverarbeitung – ein Prädikat, das auch dem »alten Kommandanten« mit seinen »Zeichnungen« zustünde. Und schließlich ist das Produkt der Weberei, wenn man »Gewebe« ins Lateinische übersetzt, ebenfalls ein »Text«. Die Herkunft des Textbegriffs war dem Lateinschüler Kafka sicher bewusst, zumal Fügungen wie »Textilindustrie« schon damals geläufig waren. Aber auch eine weitere Bedeutung von »Text« mag bei Kafka mitschwingen. In ursprünglicher Verwendung bedeutet »Text« nämlich einfach »(heilige) Schrift« (bei der »Text-« oder gleichbedeutend »Schriftlesung« wird während eines Gottesdienstes ein Stück aus der Bibel zu Gehör gebracht). In ebendiesem Sinn ist im *Process* von Schrift und Schriften die Rede, wenn es in Bezug auf die

Türhütergeschichte heißt, die »in den einleitenden Schriften zum Gesetz« (P 292) steht: »Die Schrift ist unveränderlich« (P 298). Dass in der *Strafkolonie* eine solche »Schrift« – ein solcher Text – mit »Nadeln« geschrieben wird, deren genuiner Verwendungszweck ja das Nähen ist, passt ebenfalls ins Bild.

Aneignungen

Die künstlerische Aneignung der *Strafkolonie* findet, im Gegensatz zu anderen Texten Kafkas, vor allem den Romanen, erst relativ spät statt. In der Regel geschieht sie durch Verwendung des Kafka'schen Originaltextes und nicht in seiner wie auch immer gearteten Umschreibung. Das kann nicht verwundern, wenn man in Erwägung zieht, dass die Erzählung nicht so sehr von der – oberflächlich gesehen – einfachen Handlung lebt, die man als Gerüst für ein anderes Ensemble heranziehen könnte, sondern von der Stimmung, die durch die Präzision der Beschreibung und die im Gegensatz zu dieser Präzision stehenden Widersinnigkeiten vermittelt wird. Salopp gesagt: Man kann den Text nicht toppen, sondern nur als Material gebrauchen. Dazu gehört ein gewisser Mut und eine gewisse Respektlosigkeit, was künstlerischen Produkten in aller Regel ja nicht schadet.

F. Fühmann

Die Erzählung *Pavlos Papierbuch* von Franz Fühmann (1922–1984) beschließt den 1981 in der DDR zuerst erschienenen Band *Saiäns-fiktschen*, der sieben locker durch ihr Personal verbundene Geschichten vereinigt. Die Zeit des Geschehens liegt 1500 Jahre nach der damaligen Gegenwart, jener des Kalten Krieges zwischen der NATO und den Staaten des Warschauer Paktes; der Ort ist ein Staatswesen namens Uniterr, das sich um das moralische Wohlergehen seiner Bürger nur allzu sehr sorgt. »Papierbücher« sind in dieser Gesellschaft nur als höchst seltene Relikte einer fernen Vergangenheit (die etwas später als die tatsächliche Erzählzeit der Geschichte anzusiedeln ist) bekannt, und ihr Gebrauch unterliegt strenger Reglementierung. Umso gieriger verschlingt der seine Existenz nur alkoholisiert ertragende Philosoph Pavlo einen Band mit drei Erzählungen, der ihm in die Hände fällt. Es handelt sich um die *Strafkolonie*, um *Die*

Marter der Hoffnung aus den *Grausamen Geschichten* von Ph. A. Villiers de l'Isle-Adam (1838–1889) und eine KZ-Erzählung ohne Verfasserangabe, *Der Nasenstüber*, die von Fühmann selbst stammt. Fühmanns Kunstgriff besteht nun darin, dass er die Handlung der einzelnen Erzählungen nicht wie Binnenerzählungen innerhalb einer Rahmenerzählung nacherzählt, sondern die Reaktionen und Gedanken, die die Texte bei Pavlo auslösen, zum eigentlichen Gegenstand der Erzählung macht. Pavlo geht mit einer recht schlichten Erwartung an die Lektüre: dass sich die Guten verbünden und das Böse eliminieren. Man darf sich durch Pavlos Namen durchaus an die berühmten Hunde des russischen Naturforschers Iwan Petrowitsch Pawlow (1849–1936) erinnert fühlen, die auf normalerweise mit einem Nahrungsangebot verknüpfte Reize auch dann mit Speichelfluss reagierten, wenn das Nahrungsangebot ausblieb. Fühmann beschreibt den Lernprozess, den Pavlo anhand der Lektüre seines Papierbuches durchmacht: Die Welt ist nicht so einfach gestrickt, wie es einer realsozialistischen Ästhetik entspräche, und bestimmten Erwartungen wird nicht immer, vielleicht sogar in den seltensten Fällen, mit der erwarteten Speise entsprochen. Fühmann setzt sich auch in dieser Geschichte kritisch mit seinem Land, der Deutschen Demokratischen Republik, auseinander. So erinnert die Ausgangssituation durchaus an die damalige DDR-Wirklichkeit: Kafka gehörte zu jenen Autoren, deren »Papierbücher« man nicht ohne weiteres zu lesen bekam, da sie das positive Geschichtsbild der herrschenden Doktrin nicht bedienten.

H. Müller

Heiner Müller (1929–1995) steuerte 1992 für das Programmheft einer Neuinszenierung der »Szenischen Aktion« *Intolleranza 1960* des italienischen Komponisten Luigi Nono (1924–1990) an der Staatsoper Stuttgart den Text *IN DER STRAF-KOLONIE nach Franz Kafka* bei. Müller schneidet aus Kafkas Erzählung die Beschreibung des Hinrichtungsverfahrens durch den Offizier (bis »Dann ist das Gericht zu Ende«) heraus und stellt die einzelnen Passagen blockhaft hintereinander. Durch diese Reduktion fällt auch die Figur des Redenden selbst weg. Der Text erscheint also trotz weitgehend identischen Wortlauts nicht mehr in wörtlicher Rede, wodurch die Beschreibung des

Apparates und des durch ihn betriebenen Strafverfahrens entfiktionalisiert wird. Auf diese Weise entsteht ein beklemmender – und auf andere Szenarien übertragbarer – Kommentar zu dem Foltergeschehen in Nonos Bühnenstück.

R. Hänny

Reto Hänny (geb. 1947) lässt in seiner äußerst dichten, zwischen Collage und Erzählung angesiedelten Prosa *Helldunkel* von 1994 einen »Reisenden« – »wenn die Annahme beibehalten werden soll«, wie es immer wieder heißt – verschiedene Szenerien passieren, in denen sich Pathologie- und Laborszenen, aber auch intensive Schilderungen einer entfesselten Natur auf verstörende Weise mit Textfragmenten – Zitaten unterschiedlicher Herkunft und durch unvollkommene Schriftträger zerstückelten Inschriften – mischen. Während die Figur des Reisenden und das Schriftthema den Text als Ganzes strukturieren, wird der Wortlaut von Kafkas Erzählung nur innerhalb einer relativ kurzen Passage (S. 104–112) assoziativ, paraphrasierend, zitierend in größerem Maße herangezogen. Von einem »gläsernen Apparat« ist die Rede und einem »kleinen Stichel«, von einer »kleinen Wiege aus Plexiglas«, auf die eine lebendige Ratte mit »offenliegendem Hirn« zwecks einer Computertomographie geschnallt wird: Das »Spiel beginnt. In vivo.« Am unheimlichsten an Hännys Adaption ist allerdings weniger die gegenüber Kafka fast noch gesteigerte Kälte und Grausamkeit, sondern die Tatsache, dass die Figur des Offiziers, der den Versuchsaufbau mit dem »Detailwahn« des Naturforschers beschreibt, sich nicht einmal mehr einem Ideal wie der »Gerechtigkeit« verpflichtet sieht (obwohl man dies ja auch bei Kafka füglich bezweifeln kann), sondern vollkommen der Faszination der Technologie erliegt, und dass diese Technologie, anders als der Apparat Kafkas, durchaus nicht fantastisch ist, sondern einen Teil unserer Wirklichkeit darstellt. Vor diesem Hintergrund bekommen auch die Ausführungen über die Schrift, die wörtlich von Kafka übernommen werden, einen anderen Sinn: »Verstand geht dem Blödesten auf« – damit ist hier natürlich nicht das Versuchstier gemeint, sondern der Reisende und mit ihm der Leser selbst, der sich der Botschaft der von der Apparatur produzierten Schrift – man mag an beschriftete Endlospapiere medizinischer Geräte denken – letztlich nicht entziehen kann. Kein Wunder, dass der Offizier am Ende lacht, statt sich selbst der Vivisektion zu unterziehen.

Zu nennen ist schließlich, ohne dass hier Vollständigkeit behauptet werden soll, der experimentelle Text *pastiche* des jungen Wieners Philipp Weiß (geb. 1982), der im Dezemberheft 2005 der Literaturzeitschrift *manuskripte* erschienen ist (*manuskripte* 44, Heft 170, S. 55–58). Der »eigentümliche apparat« ist hier die »leere körperkiste« selbst, die andere Körper sexuell penetriert; zugleich kann man in ihm aber auch die Sprache sehen, die zum Schluss hin immer heftiger Amok läuft und die, indem sie nur noch »hinkt hackt, hinkt hackt, hinkt hackt«, diese »scheiss performance« zerstört.

Film

Während sich die *Strafkolonie* gegen eine Verfilmung nahezu zu sperren scheint – von gewisser Bedeutung ist lediglich *La Colonia penal* (Chile 1970) von Raoul Ruiz (geb. 1941); 2005 versuchte sich die aus der Türkei stammende Filmemacherin Sibel Guvenc (geb. 1973) in einer kanadischen Produktion mit dem Stoff –, hat sich in jüngerer Zeit ein anderes Medium, von dem man es vielleicht nicht unbedingt erwarten würde, des Textes in besonderer Weise angenommen: die Oper. Offenbar ermöglicht es der hohe Stilisierungsgrad dieser Kunstform, die auf realistische Weise kaum umzusetzende Handlung der *Strafkolonie* auf die Bühne zu bringen. Die meisten dieser Werke sind allerdings nach der Uraufführung von den Spielplänen verschwunden oder noch gar nicht aufgeführt worden. Doch allein die Tatsache, dass sie auf den Internetseiten der Komponisten auftauchen, dokumentiert die Faszination, die Kafkas Erzählung bis heute auf eine junge Generation von Künstlern ausübt:

Oper

Aus dem Jahre 1968 stammt die Kammeroper *Kolonia Karna (Die Strafkolonie)* von Joanna Bruzdowicz (geb. 1943 in Warschau) (Libretto J. Simonides), die 1972 in Tours und in einer weiteren Fassung 1986 in Liège aufgeführt wurde.

Zu einer Oper in einem Akt machte Franz Blaimschein (geb. 1944) *In der Strafkolonie* 1974.

Die Vollstreckerin (1996/98) nennt David Hönigsberg (1959–2005) seine Kammeroper in einem Akt nach Franz Kafka; das Libretto stammt von Chris Walton in der Übersetzung von Undine Gellner.

Auf der Bearbeitung Heiner Müllers beruht das Musikstück *Strafkolonie* für Stimme solo und umgeschnallte Tenortrommel mit zwei Fellen (2000) von Gerhard Stäbler (geb. 1949).
Thomas Beimels (geb. 1967, Musik) und Reinhard Schieles (geb. 1947, Libretto) 2001 in Wuppertal uraufgeführte Oper *In der Strafkolonie* hat die Besonderheit, dass eine Offizierin die Hauptrolle bekleidet.
Eine Oper in drei Akten ist *MachineJustice* nach *In der Strafkolonie* von Patrik Bishay (geb. 1975).
Johann Kresnik (geb. 1939) inszenierte 2003 in Gera die Oper *Die sechste Stunde* des Niederländers Johan Maria Rotmann; das Libretto schrieb Gerard Harleman.
Einen relativ anhaltenden Bühnenerfolg – u. a. in Berlin, Turin, Prag und Dresden – hatte bisher allein die 2000 in Seattle uraufgeführte Kammeroper *In the Penal Colony* von Philip Glass (geb. 1937), einem der führenden Vertreter der Minimal Music; das Libretto dieses Werkes stammt von Rudolph Wurlitzer.

Illustrationen

Zur Wirkungsgeschichte der *Strafkolonie* zählen auch bildnerische Aneignungen. Von Hans Fronius (1903–1988) gibt es sechs Tusch-Federzeichnungen aus dem Jahre 1981 (wiedergegeben in: Hans Fronius, *Kunst zu Kafka*, Wien 1983); Karl-Georg Hirsch (geb. 1938) hat den Text für die Insel-Bücherei illustriert (Franz Kafka, *In der Strafkolonie*, Frankfurt am Main und Leipzig 1999).

Hörbuch

Als Hörbuchfassung ist der Mitschnitt einer Lesung mit Mario Adorf im Rahmen des von Hans-Gerd Koch initiierten Projekts »Kafka: erLesen!« in einer Justizvollzugsanstalt hervorzuheben (Random House Audio Hörbuch 2002).

Netzkunst

Zuletzt sei hingewiesen auf eine Internetaktion der Berliner Netzkünstler Micz Flor und Florian Clausz. »CyberTattoo« wurde 1997 ins Leben gerufen und bot den Bauplan für eine »Cybertätowiermaschine« an, mittels deren man Tattoos aus dem Internet über die Druckerschnittstelle direkt auf den Körper übertragen können sollte. Das mit dem »eigentümlichen Apparat« der *Strafkolonie* bereitgestellte Modell wird so erweitert, um »den abstrakten Prozeß eines Datentransfers zu einer schmerzhaft-sinnlichen Hauterfahrung zu machen und darin das Moment der Flüchtigkeit und Ortlosigkeit der Internet-Datenströme aufzuheben« (Hans-Peter Vogel: *Die Haut als Schnittstelle. Dermatographie nach Kafka*, in: *paraplui. elektronische zeitschrift für kulturen · künste · literaturen* [http://paraplui.de/archiv/haut/dermatographie/]).

All diese Bearbeitungen, vor allem naturgemäß die nichterzählerischen, blenden – bis auf *Helldunkel* von Reto Hänny – eine für Kafka wesentliche Dimension der Erzählung aus oder reduzieren sie zu einem bloßen Motiv: die Schrift. Ins thematische Zentrum rücken stattdessen Folter und Menschenrechtsverletzungen sowie das Dilemma, vor das sich der Reisende angesichts der Verhältnisse in der Strafkolonie als Außenstehender gestellt sieht. Das ist legitim, reduziert die Kafka'sche Vorlage aber auf ihre äußere Handlung. Die Reflexion Kafkas auf das ihm ausschließlich zu Gebote stehende Medium der Schrift in ihrer (Nicht-)Beziehung zur Wahrheit des Körpers – und damit zum Leben, das dem Schreiben geopfert wird – geht dabei verloren.

Literatur

1. Primärliteratur (mit Siglen)

Verschiedene Drucke und Ausgaben, in denen die *Strafkolonie* enthalten ist:

In der Strafkolonie, Leipzig: Kurt Wolff Verlag 1919 (in der bibliophilen Ausstattung der »Neuen Drugulin-Drucke«)

Gesammelte Schriften. Herausgegeben in Gemeinschaft mit Heinz Politzer von Max Brod. Band I: *Erzählungen und kleine Prosa*, Berlin 1935

In der Strafkolonie. Eine Geschichte aus dem Jahre 1914. Mit Quellen, Chronik und Anmerkungen herausgegeben von Klaus Wagenbach [1975]. Vollständig veränderte und erweiterte Neuausgabe. Berlin ^{2}2004

Drucke zu Lebzeiten. Hg. von Wolf Kittler, Hans-Gerd Koch und Gerhard Neumann, Frankfurt/M. 1994 (heute maßgebliche, textkritische Ausgabe; genaue Bibliographie siehe unten)

Erzählungen und andere ausgewählte Prosa. Hg. von Roger Hermes, Frankfurt/M. 1996

Strafen. Das Urteil. Die Verwandlung. In der Strafkolonie, Frankfurt/M. 2001

Kafkas Texte werden zitiert nach:

Franz Kafka: *Schriften, Tagebücher, Briefe. Kritische Ausgabe*. Hg. von Jürgen Born, Gerhard Kurz, Gerhard Neumann, Malcolm Pasley und Jost Schillemeit, Frankfurt/M. 1982 ff. Diese Ausgabe ist seitenidentisch mit der parallel erscheinenden Leseausgabe ohne Apparatbände bzw. textkritischem Anhang.

Die Bände im Einzelnen (die dazugehörigen Apparatbände sind nicht eigens aufgeführt):

Amtliche Schriften. Hg. von Klaus Hermsdorf und Benno Wagner, Frankfurt/M. 2004

Briefe. 1900–1912. Hg. von Hans-Gerd Koch, Frankfurt/M. 1999

Briefe. 1913–März 1914. Hg. von Hans-Gerd Koch, Frankfurt/M. 2001

Briefe. April 1914–1917. Hg. von Hans-Gerd Koch, Frankfurt/M. 2005 (Sigle: B3)

Drucke zu Lebzeiten. Hg. von Wolf Kittler, Hans-Gerd Koch und Gerhard Neumann, Frankfurt/M. 1994 (Sigle: D)

Nachgelassene Schriften und Fragmente I. Hg. von Malcolm Pasley, Frankfurt/M. 1993 (Sigle: N1)

Nachgelassene Schriften und Fragmente II. Hg. von Jost Schillemeit Frankfurt/M. 1992 (Sigle: N2)

Der Proceß. Hg. von Malcolm Pasley, Frankfurt/M. 1990 (Sigle: P)
Das Schloß. Hg. von Malcolm Pasley, Frankfurt/M. 1982
Tagebücher. Hg. von Hans-Gerd Koch, Michael Müller und Malcolm Pasley, Frankfurt/M. 1990 (mit Kommentarband) (Sigle: T/TA [Apparatband])
Der Verschollene. Hg. von Jost Schillemeit, Frankfurt/M. 1983

Weitere zitierte Textausgaben:

Briefe 1902–1924, Frankfurt/M. 1958 (Sigle: Br)
Briefe an Felice und andere Korrespondenz aus der Verlobungszeit. Hg. von Erich Heller und Jürgen Born, Frankfurt/M. 1967 (Sigle: F)
Briefe an Milena. Erweiterte und neu geordnete Ausgabe. Hg. von Jürgen Born und Michael Müller, Frankfurt/M. 1983 (Sigle: M)

Die Passagen des Anhangs werden wiedergegeben nach:

Kafka, Franz: *Tagebücher 1910–1923*, Frankfurt/M. 1951 (Gesammelte Werke, hg. von Max Brod)
Wolff, Kurt: *Briefwechsel eines Verlegers. 1911–1963*, hg. v. Bernhard Zeller und Ellen Otten, Frankfurt/M. 1966

Hingewiesen sei auch auf:

Kafka, Franz: *Historisch-Kritische Ausgabe sämtlicher Handschriften, Drucke und Manuskripte*. Hg. von Roland Reuß und Peter Staengle, Basel/Frankfurt am Main 1995 ff. (Diese Ausgabe gibt sämtliche Originalschriftträger faksimiliert und in einer Transkription wieder; das Erscheinen der *Strafkolonie* ist für einen späteren Zeitpunkt vorgesehen.)

2. *Andere Texte (mögliche »Quellen« Kafkas sind im Kapitel »Anregungen« bibliographiert)*

Abraham, Ulf: *Der verhörte Held. Verhöre, Urteile und die Rede von Recht und Schuld im Werk Franz Kafkas*, München 1985
Alt, Peter-André: *Franz Kafka. Der ewige Sohn. Eine Biographie*, München 2005
Ammicht-Quinn, Regina: *Franz Kafkas und Aleksandar Tišmas Strafkolonien: Ethik, Offenheit und Verbindlichkeit*, in: Dietmar Mieth (Hg.): *Erzählen und Moral. Narrativität im Spannungsfeld von Ethik und Ästhetik*, Tübingen 2000, S. 215–236
Anders, Günther: *Kafka. Pro und Contra. Die Prozeß-Unterlagen*, München 1951
Anderson, Mark: *The Ornaments of Writing: Kafka, Loos and the Jugendstil*, in: *New German Critique* 43 (1988), S. 125–145

Bartl, Gerald: *Spuren und Narben. Die Fleischwerdung der Literatur im Zwanzigsten Jahrhundert*, Würzburg 2002

Beicken, Peter U.: *Franz Kafka. Eine kritische Einführung in die Forschung*, Frankfurt/M. 1974

Beißner, Friedrich: *Der Erzähler Franz Kafka und andere Vorträge*, Frankfurt/M. 1983 (vereint vier Vorträge, die Beißner 1951 bis 1968 gehalten hat)

Bezzel, Chris: *Kafka-Chronik. Daten zu Leben und Werk*, München 1983

Biemel, Walter: *Philosophische Analysen zur Kunst der Gegenwart*, Den Haag 1968

Binder, Hartmut: *Kafka-Kommentar zu sämtlichen Erzählungen*, München ²1977

– (Hg.): *Kafka-Handbuch*. Bd. 1: *Der Mensch und seine Zeit*. Bd. 2: *Das Werk und seine Wirkung*, Stuttgart 1979

– (Hg.): *Prager Profile. Vergessene Autoren im Schatten Kafkas*, Berlin 1991

Bohrer, Karl Heinz: *Literatur oder Wirklichkeit. Die Flucht der Kulturwissenschaft vor der Kunst*, in: *Merkur. Deutsche Zeitschrift für europäisches Denken* 60 (2006), S. 425–435

Borges, Jorge Luis: *Kafka und seine Vorläufer* [1951], in: ders.: *Inquisitionen. Essays 1941–1952* (Werke in 20 Bänden, hg. von Gisbert Haefs und Fritz Arnold, Band 7), Frankfurt 1992, S. 118–121

Born, Jürgen (Hg.): *Franz Kafka. Kritik und Rezeption zu seinen Lebzeiten. 1912–1924*, Frankfurt/M. 1979 (enthält alle greifbaren zeitgenössischen Reaktionen auf Kafkas Werke und öffentliche Lesungen seiner Texte; zitiert als: Born 1)

–: *Franz Kafka. Kritik und Rezeption. 1924–1938*, Frankfurt/M. 1983 (dokumentiert in Wiederabdrucken die erste Rezeptionsphase nach Kafkas Tod bis zum Abschluss der ersten Werkausgabe; zitiert als: Born 2)

Brod, Max: *Über Franz Kafka*, darin: *Franz Kafka. Eine Biographie* [1937]. *Franz Kafkas Glauben und Lehre* [1948]. *Verzweiflung und Erlösung im Werk Franz Kafkas* [1959], Frankfurt/M. 1974

Burns, Wayne: *In the penal colony. Variations on a theme by Octave Mirabeau*, in: *Accent* 17 (1957), Heft 2, S. 45 ff.

Caputo-Mayr, Luise/Herz, Julius M.: *Franz Kafka. Internationale Bibliographie der Primär- und Sekundärliteratur*, 2., erweiterte und überarbeitete Auflage, München 2000. Band 1: *Bibliographie der Primärliteratur* 1908–1997. Band 2: *Kommentierte Bibliographie der Sekundärliteratur* 1955–1997. Teil 1: 1955–1980. Teil 2: 1981–1997, mit Nachträgen zu Teil 1

Crimmann, Ralph. P.: *Franz Kafka – Versuch einer kulturphilosophischen Interpretation*, Hamburg 2004

Deleuze, Gilles/Guattari, Félix: *Kafka. Für eine kleine Literatur*, Frankfurt/M. 1976 (zuerst französisch: *Kafka. Pour une littérature mineure*, Paris 1975)

Dietz, Ludwig: *Franz Kafka*, Stuttgart 1990

Emrich, Wilhelm: *Franz Kafka* [1958], Frankfurt am Main/Bonn ⁵1965

Fingerhut, Karlheinz: *Kafka für die Schule*, Berlin 1996

Fühmann, Franz: *Pavlos Papierbuch*, in: ders.: *Saiäns-Fiktschen. Erzählungen*, Rostock 1981, S. 161–181

Fülleborn, Ulrich: *Zum Verhältnis von Perspektivismus und Parabolik in der Dichtung Kafkas*, in: Josef Billen (Hg.): *Die deutsche Parabel. Zur Theorie einer modernen Erzählform*, Darmstadt 1986, S. 266–291 (zuerst in: *Zeitschrift für deutsche Philologie* 86 [1967], S. 267–300)

Grözinger, Erich: *Kafka und die Kabbala. Das Jüdische im Werk und Denken von Franz Kafka*, Frankfurt/M. 1992

Hänny, Reto: *Helldunkel. Ein Bilderbuch*, Frankfurt/M. 1994

Hecker, Axel: *An den Rändern des Lesbaren. Dekonstruktive Lektüren zu Franz Kafka: ›Die Verwandlung‹, ›In der Strafkolonie‹ und ›Das Urteil‹*, Wien 1998

Henel, Ingeborg: *Kafkas ›In der Strafkolonie‹*, in: V. J. Günther u. a. (Hg.): *Untersuchungen zur Literatur als Geschichte*, Berlin 1973, S. 480–504

Hermes, Roger u. a.: *Franz Kafka. Eine Chronik*, Berlin 1999

Hiebel, Hans H.: *Die Zeichen des Gesetzes. Recht und Macht bei Franz Kafka* [1983], 2., korrigierte Auflage, München 1989

Höfle, Peter: *Von der Unfähigkeit, historisch zu werden. Die Form der Erzählung und Kafkas Erzählform*, München 1998

Jayne, Richard: *Kafka's ›In der Strafkolonie‹ and the aporias of textual interpretation*, in: *Deutsche Vierteljahresschrift für Literaturwissenschaft und Geistesgeschichte* 66 (1992), S. 94–128

Kafkas Fabriken. Bearbeitet von Hans-Gerd Koch und Klaus Wagenbach unter Mitarbeit von Klaus Hermsdorf, Peter Ulrich Lehner und Benno Wagner. *Marbacher Magazin* 100 (2002) [Begleitbuch zur Ausstellung »Kafkas Fabriken« im Schiller-Nationalmuseum Marbach am Neckar vom 23. November 2002 bis zum 16. Februar 2003]

Kaiser, Hellmuth: *Franz Kafkas Inferno. Eine psychologische Deutung seiner Strafphantasie*, in: Heinz Politzer (Hg.): *Franz Kafka*, Darmstadt 1973, S. 69–142 (zuerst in: *Imago* 17 [1931], S. 41–103)

Kirchberger, Lida: *Franz Kafka's use of law in fiction. A new interpretation of ›In der Strafkolonie‹, ›Der Prozess‹, and ›Das Schloss‹*, New York/Bern/Frankfurt am Main 1986

Kittler, Wolf: *Schreibmaschinen, Sprechmaschinen. Effekte technischer Medien im Werk Franz Kafkas*, in: Wolf Kittler/Gerhard Neumann (Hg.): *Franz Kafka. Schriftverkehr*, Freiburg 1990, S. 75–163

Koelb, Clayton: *›In der Strafkolonie‹: Kafka and the Scene of Reading*, in: *The German Quarterly* 55 (1982), S. 511–525

Kremer, Detlef: *Kafka. Die Erotik des Schreibens. Schreiben als Lebensentzug* [1989], 2., verbesserte Auflage, Bodenheim b. Mainz 1998

Kurz, Gerhard: *Traum-Schrecken. Kafkas literarische Existenzanalyse*, Stuttgart 1980

Lange-Kirchheim, Astrid: *Franz Kafka: ›In der Strafkolonie‹ und Alfred Weber: ›Der Beamte‹*, in: *Germanisch-romanische Monatsschrift* 27 (1977), S. 202–221

Milman, Yoseph: *The ambiguous point of view and reader. Involvement in Kafka: a reader oriented approach to ›The castle‹ and ›In the penal colony‹*, in: *Neophilologus* 77 (1993), S. 261–272
Mladek, Klaus: *»Ein eigentümlicher Apparat«. Franz Kafkas ›In der Strafkolonie‹*, in: *Text + Kritik. Zeitschrift für Literatur*. Sonderband VII/1994: *Franz Kafka*, S. 115–142
Müller, Beate: *Die grausame Schrift. Zur Ästhetik der Zensur in Kafkas ›Strafkolonie‹*, in: *Neophilologus* 84 (2000), S. 107–125
Müller, Heiner: *IN DER STRAFKOLONIE nach Franz Kafka* [1992], in: ders.: *Werke 2. Die Prosa*, hg. von Frank Hörnigk, Frankfurt/M. 1999, S. 132–135
Müller-Seidel, Walter: *Die Deportation des Menschen. Kafkas Erzählung ›In der Strafkolonie‹ im europäischen Kontext*, Stuttgart 1986
Neumann, Gerhard: *Schreibschrein und Strafapparat. Erwägungen zur Topographie des Schreibens*, in: Gerhard Neumann, Günter Schnitzler und Jürgen Schröder (Hg.): *Bild und Gedanke*, München 1980, S. 385–403
Neumeyer, Harald: *»Das Land der Paradoxa« (Robert Heindl). Franz Kafkas ›In der Strafkolonie‹ und die Deportationsdebatte um 1900*, in: Claudia Liebrand/Franziska Schößler: *Textverkehr. Kafka und die Tradition*, Würzburg 2004, S. 291–334
Politzer, Heinz: *Franz Kafka, der Künstler*, Frankfurt/M. 1965
Pusse, Tina-Karen: *Sägen, Peitschen, Mordmaschinen. Sacher-Masoch und de Sade in Kafkas Terrarium*, in: Claudia Liebrand/Franziska Schößler: *Textverkehr. Kafka und die Tradition*, Würzburg 2004, S. 205–222
Rieck, Gerhard: *Kafka konkret – das Trauma ein Leben. Wiederholungsmotive im Werk als Grundlage einer psychologischen Interpretation*, Würzburg 1999
Ries, Wiebrecht: *Franz Kafka. Eine Einführung*, München/Zürich 1987
Schärf, Christian: *Franz Kafka. Poetischer Text und heilige Schrift*, Göttingen 2000
Schmidhäuser, Elisabeth: *Franz Kafkas Erzählung ›In der Strafkolonie‹. Psychoanalytische und andere Aspekte*, in: *Jahrbuch der Psychoanalyse* 36 (1996), S. 178–224
Schmidt, Ulrich: *Von der ›Peinlichkeit der Zeit‹. Kafkas Erzählung ›In der Strafkolonie‹*, in: *Jahrbuch der Deutschen Schillergesellschaft* 28 (1984), S. 407–445
Sokel, Walter H.: *Franz Kafka. Tragik und Ironie. Zur Struktur seiner Kunst* [1964], Frankfurt/M. 1976
–: *Das Verhältnis der Erzählperspektive zu Erzählgeschehen und Sinngehalt in ›Vor dem Gesetz‹, ›Schakale und Araber‹ und ›Der Prozeß‹*, in: Josef Billen (Hg.): *Die deutsche Parabel. Zur Theorie einer modernen Erzählform*, Darmstadt 1986, S. 181–221 (zuerst in: *Zeitschrift für deutsche Philologie* 86 [1967], S. 267–300)

Stach, Reiner: *Kafka. Die Jahre der Entscheidungen*, Frankfurt/M. 2002
Stanzel, Franz K.: *Theorie des Erzählens* [1964], Göttingen [4]1989
Steinberg, Erwin R.: *Die zwei Kommandanten in Kafkas ›In der Strafkolonie‹*, in: Maria-Luise Caputo-Mayr (Hg.): *Franz Kafka. Eine Aufsatzsammlung nach einem Symposion in Philadelphia*, Berlin 1978, S. 144–153
Treder, Uta: *L'assalto al confine. Vita e opera di Franz Kafka*, Perugia 2001
Unseld, Joachim: *Franz Kafka. Ein Schriftstellerleben. Die Geschichte seiner Veröffentlichungen. Mit einer Bibliographie sämtlicher Drucke und Ausgaben der Dichtungen Franz Kafkas 1908–1924*, München/ Wien 1982
Vogl, Joseph: *Ort der Gewalt. Kafkas literarische Ethik*, München 1990
Wachler, Dietrich: *Mensch und Apparat bei Kafka. Versuch einer soziologischen Interpretation*, in: *Sprache im technischen Zeitalter* 20 (1981), S. 142–157
Wagenbach, Klaus: *Franz Kafka* [1964], überarbeitete Neuausgabe, Reinbek b. Hamburg 2002
Weinstein, Arnold: *Kafka's Writing Machine. Metamorphosis in ›The Penal Colony‹*, in: *Studies in Twentieth-Century Literature* 7 (1982/83), S. 21–33
Weiß, Philipp: *pastiche*, in: *manuskripte* 44, Heft 170, S. 55–58
Wilke, Sabine: *Ambiguous embodiment. Construction and destruction of bodies in modern German literature and culture*, Heidelberg 2000
Zimmermann, Hans Dieter: *›In der Strafkolonie‹ – Der Täter und die Untätigen*, in: Michael Müller (Hg.): *Interpretationen: Franz Kafka. Romane und Erzählungen* [1994], 2., durchgesehene und erweiterte Auflage, Stuttgart 2003, S. 158–172

7.1 **Strafkolonie**: Die Verbannung als eine besondere Form der Freiheitsstrafe ist eine schon in der Antike bekannte Sanktionsform; in moderner, bis in Kafkas Lebensspanne hineinreichender Zeit wurde sie in Europa in Russland, Großbritannien und Frankreich verhängt. Die Idee, die im Begriff der Straf*kolonie* anklingt, ist hingegen relativ jung: Die Verbannten sollten im Exil nicht nur eine (in der Regel lebenslange) Strafe abbüßen – z.T. unter den Bedingungen der Zwangsarbeit –, sondern sie sollten den Ort ihrer Verbannung, der außerhalb des Kernlandes lag, kolonialisieren, d.h., meist unter grober Rücksichtslosigkeit gegenüber der einheimischen Bevölkerung, besiedeln und für das Mutterland wirtschaftlich erschließen. Im deutschen Sprachraum wurde das Für und Wider der Verbannungsstrafe, die weder das deutsche noch das österreichisch-ungarische Strafrecht kannte, lebhaft diskutiert, bis der Erste Weltkrieg und der Wegfall der deutschen Kolonien (an deren Nutzung als Strafkolonien Österreich-Ungarn hätte partizipieren können) diese Frage obsolet machte. Der Begriff der »Strafkolonie« gehörte für Kafkas Zeitgenossen also zum allgemeinen politischen Wortschatz. – Zu dem gesamten Komplex vgl. Müller-Seidel und Neumeyer.

9.3 **Apparat**: In diesen Begriff ist viel hineingelesen worden. Astrid Lange-Kirchheim sieht darin eine direkte Bezugnahme Kafkas auf einen Aufsatz des Volkswirtschaftlers und Soziologen Alfred Weber (1868–1958), des jüngeren Bruders Max Webers, der in Kafkas Biographie auch insofern eine Rolle spielte, als er von der juristischen Fakultät als Promotor (heute würde man von einem »Doktorvater« sprechen) Kafkas bestellt worden war; allerdings kommt darin nur eine rein prüfungstechnische Beziehung zum Ausdruck, die mit einer Betreuung im heutigen Sinne nicht zu vergleichen ist. In der von Kafka regelmäßig gelesenen *Neuen Rundschau* veröffentlichte Weber 1910 die Abhandlung »Der Beamte« (Jg. 21, S. 1321–1339), in der heftige Kritik an dem »Apparat« der Bürokratie geübt wird, der sich mittels der Beamten, die er durch sichere Versorgung und Aussicht auf Karrie e an sich bindet, lähmend über die ganze Gesellschaft legt. Eliabeth Schmidhäuser hingegen ist sich sicher, dass Kafka sich nit seiner Erzählung »in das psychoanalytische Gespräch seiner Zeit« (S. 219) einmische und mit seiner Maschine auf Freuds Begriff des »seelischen Apparates« (S. 215) anspiele. Was von olchen Festlegungen zu halten ist, wurde oben unter »Anregungen« angeführt. Interessant bleibt, dass sich Kafka eines Begriffes bedient, der offenbar in verschiedenen zeitgenössischen Disursen verankert war.

orschungsreisenden: Müller-Seidel sieht in dieser Figur ein direktes Zitat aus Robert Heindls Buch *Meine Reise nach den trafkolonien* (vgl. oben »Anregungen«, S. 91 f.). 9.4

oldaten: Es ist das erste und einzige Mal, dass der Verurteilte o bezeichnet wird; danach ist, auch nach dem »Freispruch«, ur noch von dem »Verurteilten« die Rede. Allerdings verbüßt er ls Soldat wohl kaum eine Strafe in der Strafkolonie; überhaupt st von den eigentlichen Verbannten kein einziges Mal die Rede. Zur »Strafkolonie« wird der Ort der Handlung also nicht als Verbannungsort eines Kolonialreiches, sondern allein durch den trafapparat, der mit dem eigentlichen Zweck einer Strafkolonie n politischen Sinn des Wortes nichts zu tun hat. 9.8

ündisch ergeben: Am 25. März 1914 beschreibt Kafka sein Verhältnis zu Felice Bauer als das eines Hundes zu seiner Herrin: Die genaue Nachricht über mich, liebste F., die Du willst, kann ch Dir nicht geben; die kann ich Dir höchstens geben, wenn ich n Tiergarten hinter Dir laufe, Du immer auf dem Sprung, ganz nd gar wegzugehn, ich auf dem Sprung, mich hinzuwerfen; nur n dieser Demütigung, wie sie tiefer kein Hund erleidet, kann ich as.« (F 533) Und am 19. April 1914 schreibt er der Geliebten, eine Briefe an sie seien »keine Briefe, sondern Winseln und Zähefletschen« (F 557). – In der 1917 entstandenen Erzählung *chakale und Araber*, die in vielen Motiven an die *Strafkolonie* rinnert, sind es die Hunde, die den Reisenden aus Europa anlehen, sie mit einer rostigen Schere von den Arabern zu befreien. – Die aus der Perspektive eines Hundes erzählten *Forschungen eines Hundes* (1922) haben insgesamt das Wesen des »Hünischen« zum Thema. 9.21

Damentaschentücher: Auch im *Process* ist die Sphäre des Ge- 10.3–4 richts stark sexualisiert; so entdeckt K. statt der erwartete Gesetzesbücher, aus denen er Klarheit über seinen Fall gewinne will, pornographisches Schrifttum (vgl. P 76 f.); er vernacl lässigt seine Braut Elsa und pflegt stattdessen Damenbekann schaften, die er im Zusammenhang mit seiner Verhaftun macht.

10.5 **Tropen**: Der Begriff stammt vom griechischen Verb *trépei* wenden, und bezeichnet geographisch die klimatisch heiße Zor nördlich und südlich des Äquators zwischen den »Wendekre sen« des Krebses im Norden und des Steinbocks im Süden sow in der Rhetorik und Stilkunde »Wendungen« (mit dem Singula »Trope« oder »Tropus«), in denen ein bildlicher Ausdruck an d Stelle eines wörtlich zu verstehenden tritt. Kafka könnte diese Doppelsinn des Begriffs durchaus mitgedacht haben, als er sein Geschichte in den Tropen ansiedelte, da eines seiner dichter schen Verfahren in der Rückübersetzung bildlicher Redeweise oder Sprichwörter ins Wörtliche besteht – für die Strafkoloni etwa wurden vorgeschlagen »Etwas am eigenen Leibe erfahren (Anders, S. 41) und »Wer nicht hören will, muß fühlen« (Poli zer, S. 158); man könnte hinzufügen »Jemandem etwas ei schärfen« oder »In Fleisch und Blut übergehen« sowie aus de Text selbst »Jemandem etwas auf den Leib schreiben« (14.26 27). Vgl. hierzu auch die Formulierung aus den Versuchen eine anderen Schlusses von 1917: »Verdammte böse tropische Luf was machst Du aus mir?« (45.26–27) Mark Anderson situie daher die *Strafkolonie* kurzerhand »not on a tropical Island, bu on an ›Island of tropes‹« (Anderson, S. 138). – Die (südlichen Tropen, insbesondere die Südsee, waren ein viel besprochene Thema, etwa in dem Reisebericht von Johannes B. Jensen, de Kafka im Märzheft der *Neuen Rundschau* von 1914 (Jg. 2 S. 337–365) lesen konnte. Die zu Frankreich gehörende Inse Neukaledonien östlich von Australien, die ein Hauptziel in Ro bert Heindls *Reise nach den Strafkolonien* ist, liegt ebenfalls i den Tropen; die (negativen) Auswirkungen der klimatische Verhältnisse für Verbannte wie Personal werden ausgiebig dis kutiert. Casimir Wagner (*Die Strafinseln*, Stuttgart 1904) hin gegen verteidigt die tropischen Gegenden gegen ihren Ruf al Fieberbrutstätten und behauptet, dass die Sterblichkeit dor nach einer ersten Phase der Kolonialisierung niedriger sei als in den Mutterländern.

zwölf Stunden [...] im Gang: Seinen literarischen Durchbruch erlebte Kafka mit der Erzählung »Das Urteil«, die in der Nacht vom 22. auf den 23. September 1912 entstand. »Nur so kann geschrieben werden«, stellt er gleich im Anschluss an die Erzählung in seinem Tagebuch fest (T 461). Das nächtliche, störungsfreie, ununterbrochene Schreiben bleibt für Kafka auch weiterhin der Idealfall der literarischen Produktion. Und eine tropische Nacht dauert genau zwölf Stunden lang. – Emrich sieht in den magischen zwölf Stunden ein »Sinnbild des ganzen Lebens« (S. 222). 10.19–20

früheren Kommandanten: Man hat darauf aufmerksam gemacht, dass die Bezeichnung »früherer Kommandant« dieselben Anfangsbuchstaben hat wie »Franz Kafka«. Kafka hat seine Figuren gern mit Namen ausgestattet oder mit Initialen gekennzeichnet, die mehr oder weniger offen auf seinen eigenen Namen verweisen. 11.5

Einrichtung [...] sein Werk ist: Ob es sich nur um die Einrichtung der spezifischen Gepflogenheiten oder um die Errichtung der Kolonie selbst handelt, wird offengelassen. Letztere Lesart löst die Strafkolonie von historischen Kontexten ab und macht sie zu einer Dystopie, einer negativen Utopie, einem »Unort«; daher ist die Kolonie auch so »in sich geschlossen« (»Utopie« heißt auf Deutsch: »Ort, den es nicht gibt«). 11.6–7

französisch: Frankreich ist Kolonialmacht auf Neukaledonien; dass »Soldaten« einer Kolonialmacht deren Sprache nicht mächtig wären, ist kaum anzunehmen. Gegen viele Interpreten ist also die Tatsache, dass sich der Offizier mit dem Reisenden auf Französisch unterhält, ein Indiz gerade dafür, dass beide keine Franzosen sind, sondern dass sie sich des Französischen als einer Art Zunftsprache der Gebildeten bedienen – eine Rolle, die in seiner Bedeutung als höfischer Sprache des 17. bis 19. Jahrhunderts angelegt ist (daher: *Lingua franca* ursprünglich: Verkehrssprache des Adels) und die es noch heute in diplomatischen Kreisen hat. Über die Muttersprachen des Offiziers und des Reisenden und über jene des Soldaten und seines verurteilten Kollegen zu spekulieren bringt für das Verständnis der Geschichte wenig; 11.35

wichtig ist vielmehr, dass durch die Verschleierung der wirklichen Umstände auch sprachlich ein Raum geschaffen wird, der in seiner Unbestimmtheit auf alle möglichen Verhältnisse übertragbar ist.

12.11 **bloss auf einem Platz**: Während das landwirtschaftliche Gerät wie ein großer, versetzt-mehrreihiger Rechen über das Feld gezogen wird, bearbeitet die »Egge« des Apparates immer nur denselben »Platz«, nämlich den Körper des Verurteilten.

12.23 **natürlich nackt**: Kafka war ein regelmäßiger Besucher von Sanatorien, so etwa im Juli 1912 der »Heimstätte und Musteranstalt für reines Naturleben, Jungborn« im Harz, wo man sich nackt in freier Natur bewegte. Kafka hat verschiedene Nacktheitserlebnisse mit einer Mischung aus Faszination und Widerwillen in seinem Reisetagebuch festgehalten (vgl. T 1040 ff.).

12.34–35 **Er fasste [...] das Bett hin**: Eine erste Verletzung der Intimitätsgrenze des Reisenden durch den Offizier, die von jenem allerdings nicht so erlebt wird. Der Offizier verhält sich gegenüber dem Reisenden wie ein Vater gegenüber seinem Kind, und der Reisende nimmt diese Rollenverteilung widerspruchslos an, ist er doch drei Zeilen später »schon ein wenig für den Apparat eingenommen«. Natürlich unterstützen solche Brüche in der Realistik auch die Alptraumatmosphäre des Textes.

13.10 **Strahlen**: Das Licht steht seit Platons Höhlengleichnis (*Der Staat* VII, 514a–517a) für Aufklärung (auch dies eine Lichtmetapher), Vernunft, Rationalität, und auch bei Platon ist der Erkenntnis der sich emporarbeitenden Höhlenbewohner ihre Blendung vorgeschaltet. Bei Platon gilt es freilich, die Blendung zu überwinden, während hier, wenn überhaupt, eher an eine Selbstauslöschung rationaler »Erleuchtung« zu denken wäre, wie sie die Maschine, selbst Produkt einer ausgeklügelten Rationalität, repräsentiert.

13.28–29 **ähnliche Apparate in Heilanstalten**: Klaus Wagenbach gibt in seiner Ausgabe der *Strafkolonie* Hinweise auf mögliche Anregungen (S. 77 ff.), zu denen auch Kafkas Aufenthalte in verschiedenen Sanatorien zählen. Uta Treder (S. 93) nennt als Vorbild für Kafkas »Egge« den auch heute noch in der Naturheilkunde Anwendung findenden »Lebenswecker« von Carl Braunscheidt (1809–1873). Es handelt sich dabei um ein Ensemble in einen Handgriff oder eine Rolle eingelassener Nadeln, mittels deren die Haut großflächig »geschnäppert«, d. h. durch kleine Stiche gereizt wird. Die so verletzte Hautoberfläche wird zusätzlich gereizt, indem ein scharfes Öl aufgetragen wird; ein Ausschlag ist die Folge.

Handzeichnungen: Kafka schrieb seine Texte in der Regel mit Tinte oder Bleistift in Kladden oder auf lose Blätter. – Dass der Hightech-Apparat des Offiziers durch ein so vergleichsweise archaisches Medium wie »Handzeichnungen« gesteuert wird, die zudem weder Schrift noch Bild angehören, sondern zwischen beidem angesiedelt sind, passt in die überklare Wachtraumatmosphäre des Textes. 14.15

auf den Leib geschrieben: Als Redewendung aus der Theatersprache bekannt; am 4. Februar 1829 etwa teilt Goethe Eckermann mit: »Der Dichter muß die Mittel kennen, mit denen er wirken will, und er muß seine Rolle denen Figuren auf den Leib schreiben, die sie spielen sollen.« (Johann Peter Eckermann, Gespräche mit Goethe, Stuttgart 1994, S. 320) – Zum Wörtlichnehmen von sprachlichen Wendungen als Kristallisationskern von Kafkas Erzählungen vgl. oben zu 10.5. Vgl. auch in den Varianten das Verhalten des Reisenden, der unversehens den Ausspruch »Ich will ein Hundsfott sein« »wörtlich« nimmt und »auf allen Vieren umherzulaufen« beginnt (45.11–13). 14.26–27

Ehre deinen Vorgesetzten!: Das dem Verurteilten zugewiesene Gesetz ist eine Parodie des nach jüdischer und christlich-orthodoxer sowie reformierter Tradition fünften, nach christlich-katholischer und lutherischer Tradition vierten Gebotes: »Du sollst deinen Vater und deine Mutter ehren.« Sokel (S. 125) spricht in diesem Zusammenhang von einer »Bürokratisierung der Vatergestalt«. 14.29

Trotz meiner Jugend: Diese Mitteilung überrascht, wird doch sonst der Eindruck erweckt, dass alles, was in Verbindung mit dem früheren Kommandanten steht, in einer mythischen Vorzeit spielt. Man darf sich den Offizier in dem Alter vorstellen, das Kafka hatte, als er die *Strafkolonie* schrieb: Die Auflösung des ersten Verlöbnisses mit Felice Bauer fand eine gute Woche nach Kafkas 31. Geburtstag statt; drei Monate später entstand die *Strafkolonie*; Josef K., der Held des *Processes*, wird am »Vor- 15.33–34 abend seines einunddreißigsten Geburtstages« (P 305) zum Ort seiner Hinrichtung geführt.

16.2 **Die Schuld ist immer zweifellos**: Dieser Maxime des Offiziers korrespondiert die Einschätzung des Reisenden: »Die Ungerechtigkeit des Verfahrens und die Unmenschlichkeit der Exekution war zweifellos« (23.16–18), und dementsprechend sein Verhalten gegenüber der Aufforderung des Offiziers, sich bei dem neuen Kommandanten für die Erhaltung des Strafsystems einzusetzen: »Die Antwort, die er zu geben hatte, war für den Reisenden von allem Anfang an zweifellos« (32.29–30).

16.25 **vor einer Stunde**: Es handelt sich also um eine standrechtliche, d.h. nur im Ausnahme- oder Kriegszustand mögliche, im Schnellverfahren erfolgte Verurteilung. Aus den Oktavheften stammt eine Eintragung vom 25. November 1917: »Nur unser Zeitbegriff läßt uns das Jüngste Gericht so nennen, eigentlich ist es ein Standrecht.« (N1 54) Vgl. auch den Kommentar zu 24.7–8.

17.4–5 **kleine Stichel**: Kurz vor dem Ende der Erzählung heißt es dann allerdings: »durch die Stirn ging die Spitze des grossen eisernen Stachels.« Das ist wie die vielen anderen logischen Brüche kein Fehler, sondern entspricht der traumhaften Grundstruktur der Erzählung.

17.24–25 **dass er so sehr [...] einziger Fehler**: Dieser einzige Fehler ist freilich von grundsätzlicher Natur: Alle Maßnahmen, die Schrift »rein« zu erhalten, werden durch eine erhöhte Schmutzproduktion erkauft; damit aber wird das metaphysische Projekt der Aufhebung der Differenz zwischen Leben und Schrift durch Fleischwerdung des Gesetzes, seine »Inkarnation«, wenn man so will, insgesamt in Frage gestellt. Gegenüber Milena Jesenská formuliert Kafka diesen Zusammenhang in Bezug auf sein eigenes Schreiben am 26. August 1920, seiner eigenen Fähigkeiten durchaus bewusst (»Engel«, »Gesang«!), so: »Schmutzig bin ich Milena, endlos schmutzig, darum mache ich ein solches Geschrei mit der Reinheit. Niemand singt so rein, als die welche in der tiefsten Hölle sind; was wir für den Gesang der Engel halten, ist ihr Gesang.« (M 228) Und in einem Brief vom 3. Januar 1917 an den Lyriker Gottfried Kölwel (1889–1958), der Kafkas Lesung der *Strafkolonie* in München besucht und an der im Anschluss daran stattfindenden Gesellschaft teilgenommen hatte, rekapituliert Kafka diese Veranstaltung aus seiner Sicht folgendermaßen: »Ich war hingekommen mit meiner Geschichte als Reisevehikel in eine Stadt, die mich außer als Zusammenkunftsort und als trostlose Jugenderinnerung gar nichts anging, las dort meine schmutzige Geschichte in vollständiger Gleichgültigkeit, kein leeres Ofenrohr kann kälter sein.« Dann stellt er eine Beziehung zu den Gedichten her, die ihm Kölwel bei der Gelegenheit überreicht hatte: »Diese Gedichte trommelten mir zeilenweise förmlich gegen die Stirn. So rein, so sündenrein in allem waren sie, aus reinem Atem kamen sie; ich hätte alles, was ich in München angestellt hatte, an ihnen reinigen wollen.« (B3 283) – Das Wortfeld Schmutz/waschen/rein-unrein durchzieht die ganze Erzählung leitmotivisch.

18.2 **aus Glas gemacht**: Dieses Detail ist, wie gleich darauf der Reinigungsmechanismus, der die »Schrift immer klar« erhalten soll, vom Grundgedanken des Apparates nicht gedeckt, da diese Schrift, wie man in Abwandlung der Türhüterlegende sagen kann (vgl. unten zu 21.12), »nur für den Verurteilten bestimmt« ist, der sie »mit seinen Wunden« (21.20) entziffert. Folgerichtig interessieren sich in der Erzählung des Offiziers die Zuschauer auch gar nicht für die Arbeit der Egge, sondern sie suchen allein den Blick des Sterbenden, wenn sie nicht gerade »mit geschlossenen Augen im Sand« liegen (25.35–26.1).

18.6–7 **sich die Inschrift [...] vollzieht**: Die Undurchsichtigkeit des Verfahrens für den Verurteilten steht in sonderbarem Kontrast zu seiner demonstrativen Transparenz für das Publikum. Die größte »Mühe« wird nicht auf die Verstehbarkeit des Textes für den Delinquenten verwendet, sondern der Hauptzweck des »eigentümlichen Apparates« scheint in der Herstellung einer Öffentlichkeit für das Schreiben zu bestehen. Dafür verwandelt er den Körper des Verurteilten in die Trägersubstanz einer »Inschrift« – einer Inschrift, die sich nur im »Vollzug« bewährt, dabei jedoch ihre Grundlage zerstört.

In ähnlich paradoxer Weise sind es in einer kurzen Nachlasserzählung von Frühjahr 1918, dem sogenannten *Tempelbaufragment*, die »Eintragungen barbarischer Gebirgsbewohner«, die in die Marmorblöcke eines Tempels »zum Ärger oder zur

Schändung oder zu völliger Zerstörung mit offenbar großartig scharfen Instrumenten für eine den Tempel überdauernde Ewigkeit eingeritzt« sind (N2 108). Auch der »barbarische Apparat« zerstört den in seiner Lebendigkeit heiligen Körper (»Tempel«) indem er ihn mit »großartig scharfen«, nämlich die Grenze zwischen Zeichen und Bezeichnetem transzendierenden »Instrumenten« im doppelten Wortsinn *beschreibt*. Die Schrift überdauert ihre Unterlage auch hier, da sie nicht gelesen, sondern als »Ausdruck der Verklärung von dem gemarterten Gesicht« genommen (26.14–15) wird. Auf diese Weise kommt sie zu einem Publikum, in dessen Interpretationen sie fortleben kann.

19.18–20 **Räderwerk [...] angeordnet**: Nach dieser Formulierung handelt es sich bei den Zeichnungen um eine Sammlung von Bauplänen. Das aber widerspricht der Vorstellung des Offiziers, dass man sie wie eine »Schrift« soll lesen können.

19.21–22 **einige Blätter**: Man kann in der Autographensammlung des Offiziers eine private Anspielung auf Kafkas eigenes Werk sehen, das ja zum größten Teil nur handschriftlich, auf »Blättern« vorlag. Eine Erzählung von Anfang 1917, die Kafka in den *Landarztband* aufnimmt, heißt schlicht »Ein altes Blatt«.

19.27–30 **labyrinthartige [...] Zwischenräume erkannte**: Zu dieser Stelle gibt es eine auffällige Parallele in einem Aphorismus vom 22. Februar 1918 über die Willensfreiheit. Dort heißt es, dass der Mensch frei sei, insofern »er als derjenige, der er einmal wieder sein wird, den Willen hat, sich unter jeder Bedingung durch das Leben gehn und auf diese Weise zu sich kommen zu lassen undzwar auf einem zwar wählbaren, aber jedenfalls derartig labyrinthischen Weg, daß er kein Fleckchen dieses Lebens unberührt läßt.« (N2, 138) Das heißt, der Mensch findet zu sich indem er zwar frei seinen Weg wählt, diesen Weg aber erst dann zum Abschluss bringt, wenn er – und nun wird »Leben« in für Kafka bezeichnender Weise zu einem Stück Papier, das man im doppelten Wortsinn »beschreiben« kann – die zur Verfügung stehende Fläche vollständig bedeckt, das Leben also zu Ende ist Das Labyrinth dieses Lebensweges wird also nicht erbaut wie dasjenige der griechischen Mythologie (Daidalos erbaute es auf Kreta als Behausung des stierköpfigen Minotauros, und erst Theseus fand mit Hilfe Ariadnes wieder aus ihm heraus), son ern es entsteht im Ausschreiten des Weges selbst. Auf diese /eise wird es zum Sinnbild für etwas sehr Einfaches (etwa die :hlichten Vorschriften im Kodex des alten Kommandanten), as unversehens in eine undurchdringliche Komplexität um- :hlägt. Diese Struktur ist charakteristisch für Kafkas Gesamt- 'erk.

eine Schönschrift für Schulkinder: Aber gerade die Kinder sind ;, die nach der »Einsicht« des alten Kommandanten »vor al- :m« bei der Zuteilung der vorderen Plätze »berücksichtigt« 'erden sollen (26.11)! Die freilich »lesen« nicht die Schrift auf em Leib, sondern suchen deren Resultat im Blick des Sterben- en. 19.35

echste Stunde: Von der sechsten bis zur neunten Stunde dauert er Todeskampf Jesu am Kreuz (vgl. Mt 27,45; Mk 15,33; Lk 3,44), der durch eine Verdunklung der Sonne begleitet wird.)ie Anspielung sollte allerdings nicht dazu verführen, in dem Iinrichtungsverfahren eine Heilsmaschinerie und in dem Offi- ier einen Messias zu erblicken; eher ist davon auszugehen, dass ich der Offizier solcher Motive zur Beglaubigung seiner Aus- ührungen bedient, sie damit jedoch unfreiwillig parodiert. 20.4

Zieraten [...] Verzierungen: In der Erzählung *Ein Traum* gräbt ich der aus dem *Process* bekannte Josef K. mit zauberischer .eichtigkeit, die an das lautlose Funktionieren des Apparates bei ler Exekution des Offiziers erinnert, selbst sein Grab, in das er, von einer sanften Strömung auf den Rücken gedreht, versank. Während er aber unten, den Kopf im Genick noch aufgerichtet, chon von der undurchdringlichen Tiefe aufgenommen wurde, agte oben sein Name mit mächtigen Zieraten über den Stein.« D 298) – »Verzierungen« heißen in der Musik auch Triller und Koloraturen wie jene, mit denen in Kafkas letzter Erzählung, *osefine, die Sängerin oder Das Volk der Mäuse*, Josefine ihren »Gesang« anreichert, von dem nicht klar ist, ob es sich nur ein »Pfeifen« handelt. Auch dort geht es, wie bei den Tätowierun- gen in der *Strafkolonie*, um das Umschlagen eines undurch- schaubar komplexen Zeichensystems, von »Kunst«, in nicht nehr durch Zeichen vermittelte, sondern unmittelbare Wahr- nehmung – was paradoxerweise den höchsten Kunstaufwand erfordert. 20.6–8

20.26 **wälzt [...] auf die Seite**: Dieser Vorgang widerspricht natürlich der Arretierung des Delinquenten durch die Riemen an Hals und Gliedern – eine der zahlreichen logischen Inkonsistenzen, in denen man Hinweise Kafkas auf die Unglaubwürdigkeit des Offiziers hat sehen wollen. Der Traumlogik der Erzählung entsprechen derartige Details allerdings sehr wohl – genau wie das zauberische Funktionieren des Apparates am Ende der Erzählung, das ja, ohne dass es vom Offizier erzählt würde, mit einer herkömmlichen Logik auch nicht zu vereinbaren ist.

21.5–6 **Keiner versäumt die Gelegenheit**: Diese mit keiner Vorstellung von Realistik zu vereinbarende Feststellung unterstreicht den Lebenswillen des Menschen, der bis kurz vor seinem Tode ungebrochen ist. – Die Nahrungsaufnahme ist als elementare Lebensfunktion zentrales Thema in vielen Erzählungen Kafkas (z. B. in *Die Verwandlung*, *Ein Hungerkünstler*, *Forschungen eines Hundes*).

21.12 **Wie still [...] der Mann**: Man muss sich an dieser Stelle besonders vor Augen halten, dass die gesamte Schilderung des Exekutionsvorgangs aus dem Munde und in der Wahrnehmung des Offiziers erfolgt. Denn was da »um die Augen« beginnt, ist ja wohl das Brechen des Blicks, was sich »von hier aus verbreitet« der Tod. Dementsprechend kurz, ja fast widerwillig, wird die zweite Hälfte der Tortur, die doch das Wunder der Entzifferung »mit seinen Wunden« leisten sollte, wegerzählt.

Die Situation des Opfers ist jener des »Mannes vom Lande« in der aus dem *Process* ausgekoppelten Parabel *Vor dem Gesetz* vergleichbar, der, auf Einlass wartend, sein Leben »vor dem Gesetz« verbracht hat und im Moment seines Todes vom Türhüter erfährt, dass dieser Eingang »nur für dich bestimmt« (D 269) gewesen sei.

21.19–20 **entziffert sie [...] Wunden**: Der demonstrativen Transparenz der gläsernen Maschine zum Trotz dienen die Wunden des Opfers nicht als Schrift für die Zuschauer (die »lesen« ja nur in den Augen des Sterbenden), sondern umgekehrt soll die Schrift, das »Gesetz« durch die Prozedur mit Leben, mit einem Körper versehen werden. Deshalb muss der Leib des Opfers *ganz* Wunde werden; und er muss leben, sonst unterschiede er sich ja nicht von einer beliebigen Schreibunterlage: Beide Bedingungen wi dersprechen einander, was im brechenden Auge des Opfers, das als einziges von der Egge ausgespart bleibt, symbolische Verdichtung findet. – Die Wunde ist auch zentrales Motiv in den Erzählungen *Ein Bericht für eine Akademie* (1917), *Ein Landarzt* (1916/17) und *Der Geier* (1920).

scharren ihn ein: Ähnlich respektlos äußert sich die »Bedienerin« in der *Verwandlung* über die Beseitigung der Leiche von Gregor Samsa: »Ja [...] also darüber, wie das Zeug von nebenan weggeschafft werden soll, müssen Sie sich keine Sorge machen. Es ist schon in Ordnung.« (D 198) Und auch in der strukturell mit der *Strafkolonie* verwandten Erzählung *Ein Brudermord* (1916/17) ist die Leiche nur ein lästiger, ein »schwerer Rest« und eine »stumme Frage«, die ärgerlicherweise nicht »im dunklen Straßengrund« »versickert«: »Warum bist du nicht einfach eine mit Blut gefüllte Blase, daß ich mich auf dich setzte und du verschwändest ganz und gar.« (D 294) 21.25

ohne Verständnis: Der metaphysische Kraftakt einer »Verkörperung« der Schrift funktioniert offenbar nur unter der Voraussetzung, dass das Opfer gänzlich unwissend ist, da sich sonst – immer gesprochen in der Argumentationslinie des Offiziers – in seinem Blick der Erkenntnisprozess nicht abbilden würde. Wie aber verträgt sich das mit der vermeintlichen Popularität der Anlage in der Kolonie? 21.28–29

sehr zusammengesetzt: Das hat er mit dem »Odradek« in *Die Sorge des Hausvaters* (1917) aus dem *Landarztband* gemein. 22.20

Wie ich aber [...] kümmert sich niemand: Es geht also nicht um »Gerechtigkeit« oder Disziplinierung, sondern einfach darum, dass die Maschine permanent arbeitet, dass der Schreibfluss nicht abreißt. Genau das ist ja bei der Arbeit am *Process* geschehen: In der dazwischengeschobenen *Strafkolonie* erfindet Kafka mit dem »eigentümlichen Apparat« gewissermaßen das Werkzeug, um ihn wieder in Gang zu bringen. – Die Implikation, dass die Maschine ständig in Betrieb sei, steht natürlich auch im Widerspruch zu der notwendigen Unkenntnis der Verurteilten. 23.3–5

Es ist immer bedenklich [...] einzugreifen: Auch in *Schakale und Araber* versucht der Reisende die Schakale mit dem Argument abzuwimmeln, er maße sich »kein Urteil an in Dingen«, die ihm »so fern« lägen (D 271). 23.6–7

23.16–18 **Die Ungerechtigkeit [...] zweifellos**: Vgl. oben zu 16.2. Nochmals: Die Spiegelbildlichkeit der Aussagen des Offiziers und dieser, in erlebter Rede wiedergegebenen, des Reisenden bringt beide in einen übergeordneten Bezug zueinander, der sich dann auch in der gleich anschließend geäußerten Vermutung des Reisenden zeigt, »dass man sein Urteil über dieses Gericht verlangte«. Unversehens wandelt sich seine Position von der des unbeteiligten Zuschauers zu der eines Richters, und so sagt ihm der Offizier auch im letzten Paralipomenon zu einem neuen Schluss auf den Kopf zu: »[...] ich bin hingerichtet, wie Sie es befahlen.« (47.4–5)

24.7–8 **einen Tag vor der Exekution**: Wieder eine gern herangezogene Stelle, um die Inkonsistenz der Argumentationslinie des Offiziers zu belegen, war doch oben (16.25) davon die Rede, dass das Urteil erst »vor einer Stunde« gefallen sei.

25.4 **ins Teehaus gehen**: Diesem Hinweis folgt der Reisende am Schluss der Erzählung, bevor er die Insel verlässt. – Das Motiv des Teehauses erinnert an fernöstliche Traditionen und kommt auch in Mirabeaus *Garten der Qualen* vor (vgl. »Anregungen«).

25.32–33 **Gerichtspräsidenten**: Auch dies eine Funktion, die mit der »Jugend«, die der Offizier sich zuschreibt (15.33–34), kaum zu vereinbaren ist.

26.11 **vor allem die Kinder**: Die gerade können mit der Schrift allerdings am wenigsten anfangen, da es sich ja um »keine Schönschrift für Schulkinder« (19.35) handelt. – Nach oberflächlicher Lektüre könnte man meinen, die Kinder sollten aus pädagogischen Gründen den Mechanismus von Schuld und Strafe möglichst unmittelbar vorgeführt bekommen. Davon ist aber nirgends die Rede, und auch das geschilderte Verhalten der Kinder widerspricht dem. Wenn man hingegen die *Strafkolonie* als Publikationsphantasie liest, sind die verzückten Kinder das willkommenste Publikum, bieten sie doch so etwas wie einen »Ersatz« (vgl. T 885, 21. Januar 1922) für die eigene Ehe- und Kinderlosigkeit, der sich, in der verqueren Wahrnehmung Kafkas, das eigene Werk verdankt.

26.14–17 **Wie nahmen [...] vergehenden Gerechtigkeit!**: Die Stelle erinnert stark an den Tod des Mannes in *Vor dem Gesetz*: »Schließlich wird sein Augenlicht schwach, und er weiß nicht, ob es um ihn wirklich dunkler wird, oder ob ihn nur seine Augen täuschen. Wohl aber erkennt er jetzt im Dunkel einen Glanz, der unverlöschlich aus der Türe des Gesetzes bricht.« (D 268 f.) Ob der Doppelsinn von »Schein der Gerechtigkeit«, wie gern behauptet wird, von Kafka intendiert ist, darf man angesichts der Parallele von »Schein« und »Glanz« bezweifeln.

26.20–21 **Der Reisende [...] Verlegenheit:** Das heißt, »er wußte nicht, wie er sich aus der Situation befreien sollte«, aber auch: »er war verlegen, gehemmt in seinen Äußerungen«. Das komplizierte Gefühl der Verlegenheit ist charakteristisch für Situationen der »Doppelbindung« (*double bind*), wo durch Befolgung eines Gebots zwangsläufig ein anderes verletzt wird. Im sogenannten *Brief an den Vater* (1919) hat Kafka die zerstörerischen Wirkungen solcher Double-Bind-Situationen – ohne dass es damals schon einen Begriff dafür gegeben hätte – auf die kindliche Entwicklung geschildert. Prototypisch ist die Situation des »Mannes vom Lande« in *Vor dem Gesetz*, der, um in das Gesetz hineinzugelangen, gegen das Gebot des Türhüters verstoßen und die Schwelle des Gesetzes *übertreten* müsste.

26.32 **rühren:** Vom 13. Dezember 1914 stammt eine bemerkenswerte Tagebucheintragung Kafkas, die einen Selbstkommentar zur *Strafkolonie* enthält, die er am 2. Dezember im Freundeskreis vorgetragen hatte: »Auf dem Nachhauseweg [von einem Krankenbesuch bei Felix Weltsch] sagte ich Max, daß ich auf dem Sterbebett vorausgesetzt daß die Schmerzen nicht zu groß sind, sehr zufrieden sein werde. Ich vergaß hinzuzufügen und habe es später mit Absicht unterlassen, daß das Beste was ich geschrieben habe, in dieser Fähigkeit zufrieden sterben zu können, seinen Grund hat. An allen diesen guten und stark überzeugenden Stellen handelt es sich immer darum, daß jemand stirbt, daß es ihm sehr schwer wird, daß darin für ihn ein Unrecht und wenigstens eine Härte liegt und daß das für den Leser wenigstens meiner Meinung nach rührend wird. Für mich aber, der ich glaube auf dem Sterbebett zufrieden sein zu können, sind solche Schilderungen im geheimen ein Spiel, ich freue mich ja in dem Sterbenden zu sterben, nütze daher mit Berechnung die auf den Tod gesammelte Aufmerksamkeit des Lesers aus, bin bei viel klarerem Verstande als er, von dem ich annehme, daß er auf dem Sterbebett klagen wird, und meine Klage ist daher möglichst vollkommen, bricht auch nicht etwa plötzlich ab wie wirkliche Klage, sondern verläuft schön und rein. Es ist so, wie ich der Mutter gegenüber immer über Leiden mich beklagte, die beiweitem nicht so groß waren wie die Klage glauben ließ. Gegenüber der Mutter brauchte ich allerdings nicht soviel Kunstaufwand wie gegenüber dem Leser.« (T 708 f.) Offenbar will der Offizier – entgegen seiner Behauptung – den Reisenden durchaus emotional gefangen nehmen; was ihm mit seiner Schilderung vergangener Exekutionen nicht gelingt, gelingt ihm dann in der Inszenierung seines eigenen Todes: Auch der Offizier wird sich auf ein »Sterbebett« legen; er wird es zufrieden tun, zumal er die Maschine so programmiert hat, dass »die Schmerzen nicht zu groß« sein werden; der »Kunstaufwand«, den er treibt, um in dem Reisenden den Leser zu »rühren« ist im Geheimen ein »Spiel«. Die Tagebucheintragung belegt übrigens, dass die Unzufriedenheit Kafkas mit dem Schluss der Erzählung nicht den Tod des Offiziers betrifft – eine der »guten und stark überzeugenden Stellen« –, sondern die Reaktion des Reisenden darauf und seinen Abschied von der Kolonie.

27.1 **unbegreiflich sanften Flug**: Während es vorn noch in drastisch-realistischer Formulierung heißt, dass die Leiche »auf das Blutwasser und die Watte niederklatscht« (21.23–24), wird hier die für den Offizier unangenehme Tatsache, dass der Mechanismus des Apparates mit der Vollendung seiner Arbeit diese zugleich zerstört und zu einem Stück Dreck macht, das man nur noch »einscharren« kann – wie es auch mit Gregor Samsa in der *Verwandlung* geschieht –, durch eine völlig unpassende Ästhetisierung des Vorgangs verdrängt.

28.21 **Balkon**: Der Begriff bezeichnet auch den ersten Rang in einem Theater, was hier gemeint sein könnte, da später von »Loge« und »Galerie« die Rede ist.

28.23–24 **grosser Forscher des Abendlandes**: In *Schakale und Araber* wendet sich der »älteste Schakal« an den Reisenden, der »aus dem hohen Norden« gekommen ist, und überreicht ihm eine »mit altem Rost bedeckte Nähschere«, damit er die Schakale in Erfüllung einer alten Weissagung von den Arabern befreie. Ein

Araber tritt hinzu, verjagt die Schakale mit einer Peitsche und sagt: »So hast du, Herr, auch dieses Schauspiel gesehen und gehört [...]; solange es Araber gibt, wandert diese Schere durch die Wüste und wird mit uns wandern bis ans Ende der Tage. Jedem Europäer wird sie angeboten zu dem großen Werk; jeder Europäer ist gerade derjenige, welcher ihnen berufen scheint.« (D 274) Die Schakale übernehmen hier die Rolle des Offiziers, indem sie sich an den »aufgeklärten« Europäer wenden, der sie von den vorgeblich »unreinen« Arabern befreien soll, während in Wirklichkeit sie es sind, die der Gestank eines verendeten Kamels alles andere vor Gier vergessen lässt.

Begriff es schon der Offizier?: Das Hyperbaton (die ungewöhnliche Wortstellung) hebt diese Überlegung des Reisenden, die vom Erzählablauf nicht erzwungen wird, in besonderer Weise hervor und lässt sie in einen impliziten, aber spürbaren Spannungsbezug zu der zentralen Feststellung des Offiziers treten: »Dann ist es also Zeit« (33.35). 29.19

wenn auch nicht [...] mein Plan: Die List des Offiziers lässt sich durchaus auf Kafkas eigene Erzählstrategie beziehen: Längst ist der Reisende – und mit ihm der Leser – in seinen bzw. Kafkas »Plan« integriert. Wissend, dass es bald »Zeit« ist, rechnet er mit dem »völligen Missverständnis« beider und rettet sein Verfahren gerade dadurch, dass er es gegen sich selbst richtet und so im permanenten Interpretationsappell seines tot-lebendigen Blickes (vgl. 40.21–27) fortleben lässt. Die ganze Prozedur wird – genau wie drei Jahre später der *Sirenentext* – zum »Scheinvorgang«, der genau deswegen auch als »Beweis dessen« dienen kann, »daß auch unzulängliche, ja kindische Mittel zur Rettung dienen können« (N2 40–42; vgl. den Kommentar zu 40.26–27). 30.28–31

meistens [...] Hafenbauten!: Es wurde darauf hingewiesen, dass der Hafen wie die »Damen« des Kommandanten eine Gefährdung für das Schreibtheater des Offiziers darstellt: »Nach innen ist die Abgeschlossenheit der Strafkolonie [...] von Frauen gefährdet, nach außen durch die ›Hafenbauten‹. Frau und Welt betrachtet auch Kafka als die Hauptbedrohungen für das Schreiben.« (Mladek, S. 120) 31.13–14

sonst fassen [...] spielen mit den Fingern: ... genau wie Leni im *Process* mit den Fingern Josef K.s, nachdem sie ihn von der Be- 32.2–3 sprechung zwischen dem Advokaten Huld, seinem Onkel un dem Kanzleidirektor weggelockt hat (vgl. P 142). Mladek sieh in diesem Verhalten der Frauen einen Angriff auf die »Schreib hand« des Dichters: »Der Offizier hat Angst vor dem eigene Begehren, das den ununterbrochenen Schreibprozeß hemme und damit seinen asketischen Charakter [zerstören] könnte: Di Strafkolonie als ›Junggesellenveranstaltung‹ wäre damit zuen de.« (S. 120)

33.18–19 **Der Soldat [...] befreundet zu haben**: Die beiden schließen sich zu einem kindisch-clownesken Figurenpaar zusammen, wie e für Kafka (auch als Figurentripel) charakteristisch ist: Genann seien die »Zimmerherren« in der *Verwandlung*, die Subalterne Rabensteiner, Kullich und Kaminer im *Process*, die beiden Prak tikanten in der unvollendeten Erzählung *Blumfeld, ein ältere Junggeselle* (1915) oder K.s »Gehilfen« im *Schloss* (1922).

33.35 **»Dann ist es also Zeit«**: Vgl. zu dieser Äußerung des Offiziers die das Folgende als vorhersehbar und als vom Offizier vorher gesehen entlarvt, das Einleitungskapitel zu diesem Kommentar.

35.6 **›Sei Gerecht!‹**: Kittler (S. 136) stellt fest, dass es sich bei diesem »Urteil« um »ein Urteil in der Metasprache« handelt, »das di Menge aller rechtskräftigen Urteile definiert und daher nur um den Preis eines Widerspruchs in die Objektsprache der Urteils sprüche aufgenommen werden kann. Das mag für einen mensch lichen Richter kein Problem darstellen, die Maschine aber geh an diesem Widerspruch kaputt.« Damit ist gemeint, dass es sich bei dem Urteil, das sich der Offizier auf den Leib schreiben lassen will, um das Gesetz der Gesetze handelt, das selbst nicht im Ko dex der Einzelbestimmungen verankert sein *kann*, auch wenn es der Offizier aus derselben Ledermappe wie die anderen Urteile zieht. Insofern ist es ganz *logisch*, dass die Maschine an diesem Programm zerbricht, betrifft es doch ihren »blinden Fleck« (Mla dek, S. 131), ihren Gödelpunkt, der nicht mehr selbst aus dem (Rechts-)System heraus, das sie darstellt, definiert werden kann.

35.16–17 **ordnete das Räderwerk [...] mühselige Arbeit**: Der meta sprachliche Charakter der umzusetzenden Vorschrift erfordert die umfangreichsten Vorkehrungen. Dass als Resultat dieser Programmierung die »Verzierungen« entfallen und der Apparat

»unmittelbar« tötet, ist nach der hier vorgeschlagenen Lesart nicht die Folge eines Versagens, sondern eine geplante Paradoxie.

36.5–6 **schlug diesmal [...] offen gewesen war**: Auch dies ist, wie der ruhige Lauf der Maschine, ein Indiz dafür, dass sie erst jetzt ihrer eigentlichen Bestimmung gemäß arbeitet.

36.18–19 **»Geschenke der Damen.«**: Die Taschentücher der Damen, schon ganz vorn eingeführt (10.4), bilden den Kontrapunkt zur Uniform des Offiziers; gleichzeitig sind sie auf rätselhafte Weise mit ihr verbunden – wie ja auch der strenge alte Kommandant »mit seinen Damen« (25.22) zur Exekution erschien. Die Affinität der Frauen zum Verurteilten erinnert an die »Sonderbarkeit Lenis« im *Process*, die die »meisten Angeklagten schön findet. Sie hängt sich an alle, liebt alle [...]. Wenn man den richtigen Blick dafür hat findet man die Angeklagten wirklich oft schön.« (P 250)

37.21–23 **Das war also Rache [...] gerächt**: Erlebte Rede. Die Perspektive scheint hier auf den Verurteilten, wie er weiterhin heißt, umzuspringen. Man kann sich aber auch denken, dass sich der Reisende, gelenkt von der Mimik des Verurteilten, in dessen Wahrnehmungswelt hineinversetzt, seine Interpretation des Vorgangs übernimmt und auf den Leser überträgt (bzw., wenn der Reisende nach der oben vorgeschlagenen Interpretation der Leser *ist*, dessen Haltung präfiguriert). Tatsächlich aber verkennt die Vorstellung von Rache den Sinn des Verfahrens vollkommen. »Rache« ist eine Rechtskategorie, die mit dem vom Offizier behaupteten Straf- und Verklärungsmechanismus nicht vereinbar ist. Nein, der Offizier erreicht mit seiner Selbstexekution genau das, was von Anfang an sein Ziel war: »sich mit unter die Egge zu legen« (21.15–16), auf dass ihn die Maschine »empfange«.

37.32 **empfangen**: Der überaus pathetische Ausdruck steht auch für die Befruchtung durch den männlichen Samen; insbesondere denkt man bei »Empfängnis« an Maria und Jesus. Es ist also – in der privaten Mythologie des Offiziers – ein durchaus mit heilsgeschichtlicher Relevanz beladener Vorgang, wenn er die Maschine mit seinem Blut *befruchtet* und, statt Kinder, Interpretationen zeugt.

38.24–28 **Der Verurteilte [...] etwas zu zeigen**: Unfreiwillig parodiert der

Verurteilte den Offizier – und gibt bietet damit zugleich eine Vorschau auf das Auslegungstheater des zukünftigen Lesepublikums der Geschichte.

39.10 **kollerte**: Das Wort, das von »Kugel« abgeleitet ist, bedeutet so viel wie »polternd herunterrollen«. Vom Odradek (vgl. zu 22.20), dessen Gestalt ebenfalls an ein Zahnrad erinnert (»Er sieht zunächst aus wie eine flache sternartige Zwirnspule« [D 282]), heißt es: »Sollte er also einstmals etwa noch vor den Füßen meiner Kinder die Treppe herunterkollern?« (D 284) Auch der Soldat und der Verurteilte benehmen sich wie »Kinder«.

40.1 **Folter**: Mitte November 1920 schreibt Kafka an Milena Jesenská: »Ja, das Foltern ist mir äußerst wichtig, ich beschäftige mich mit nichts anderem als mit Gefoltert-werden und Foltern. [...] Natürlich, auch kläglich ist das Foltern. Alexander hat den gordischen Knoten, als er sich nicht lösen wollte, nicht etwa gefoltert.« (M 290 f.) Allerdings handelt es sich bei dem Strafverfahren auf Kafkas Kolonie nur in einem sehr speziellen Sinn um Folter, da ja aus dem Opfer keine Information herausgequält werden soll, sondern es im Gegenteil gezwungen wird, etwas zu erfahren, das dem Publikum schon bekannt ist – was dann, so der Plan, im Blick des Gequälten zum Ausdruck kommt. Keine gerichtlich gegen andere verwertbare Aussage ist das Ziel des Verfahrens, sondern der »Schein« einer »endlich erreichten und schon vergehenden Gerechtigkeit« (26.16–17): Der Gefolterte antwortet nicht mit Worten, sondern, indem sein Blick sich »verklärt«, *mit seinem Leben*.

40.2 **unmittelbarer Mord**: Die meisten Interpreten sehen in der Abschlachtung des Offiziers gegenüber der üblichen Exekutionsprozedur noch eine Steigerung der Grausamkeit (Ausnahmen: Mladek, S. 135; Hecker, S. 105). Damit sind sie bereits, wie offenbar der Reisende auch, der Argumentationsstrategie des Offiziers aufgesessen, der in der zwölfstündigen Folter das »menschlichste und menschenwürdigste« (28.33–34) Verfahren sieht. Nach Ermessen der Menschlichkeit müsste die Todesart, die der Offizier erleidet, keine Verschärfung der Strafe, sondern eine Verkürzung der Qual bedeuten.

40.21–22 **Es war, wie es im Leben gewesen war**: Dadurch, dass die Maschine ausschließlich in der Beschreibung durch den Offizier vorgestellt wurde, verschwindet völlig aus dem Blick, dass das Ausbleiben des erwarteten Wunders gerade das Wunder *ist*. Die »Verklärung«, die in der »sechsten Stunde« von dem »gemarterten Gesicht« Besitz ergreift, ist ja nichts anderes als eine euphemistische Beschreibung für den im Brechen des Blicks zum Ausdruck kommenden Tod. Die Augen des Offiziers hingegen behalten den »Ausdruck des Lebens«. – An diese Stelle anknüpfend kann man sich einen der Versuche Kafkas von 1917 vorstellen, einen neuen Schluss zu finden: »Und wenn auch alles unverändert war, der Stachel war doch da, krumm hervorragend aus der geborstenen Stirn.« (T 823) Gestrichen folgt: »als lege er irgendein Zeugnis für irgendeine Wahrheit ab« (TA 391).

der Blick war ruhig und überzeugt: Die Szene erinnert stark an Kafkas Sirenentext von Oktober 1917. Von den Sirenen heißt es dort bei der Vorüberfahrt des Odysseus: »Bald aber glitt alles an seinen in die Ferne gerichteten Blicken ab [...], sie wollten nicht mehr verführen, nur noch den Abglanz vom großen Augenpaar des Odysseus wollten sie solange als möglich erhaschen.« (N1 41) — 40.26–27

Spitze des großen eisernen Stachels: Oben hieß es noch: »Für den Kopf ist nur dieser kleine Stichel bestimmt« (17.4–5) – einer der von Kafka kalkuliert eingesetzten inneren Widersprüche der Erzählung. Wie im Traum spiegelt sich die Bedeutung eines Details in der Größe, die es an seinem jeweiligen Ort annimmt. — 40.28

geschämt: Die parallele Entstehung von *Process* und *Strafkolonie* ist auch hier spürbar: »[...] es war, als sollte die Scham ihn überleben«, endet der Roman (P 312); gemeint ist aber auch: Es war, als wollte er, Josef K., in seiner Scham überleben. Vgl. dazu das oben zu den Begriffen der »Peinlichkeit« (S. 71) und der »Verlegenheit« (Zu 26.20–21) Gesagte. — 41.18

Vollbärten: Bärte werden bei Kafka oft von Angehörigen einer irrealen Zwischenwelt getragen: Vom »Freund in Petersburg« etwa im Urteil, vom Jäger Gracchus, von den im Dunstkreis des Gerichts lebenden Figuren im *Process*. — 41.27

Aufschrift: Das Pathos dieser Aufschrift, ebenso ihr Ort unter einem Wirtshaustisch und ihre Winzigkeit, wirkt parodistisch, wie überhaupt die ganze Teehausszene, obwohl sie inhaltlich — 41.35

von großem Ernst getragen ist: die Verweigerung einer Grabstätte auf dem Friedhof, der »Eindruck einer historischen Erinnerung«, die »Macht der früheren Zeiten«, »armes, gedemütigtes Volk«. Kafka gelingt es so, die Bewertung der Prophezeiung in der Schwebe zu halten. Auch das Dachbodengericht im *Process* ist die Parodie eines »wirklichen« Gerichtes, aber letztlich ist es für Josef K., dem der »Sprung« aus dem Prozess heraus nicht gelingt, dennoch tödlich.

42.13 **tat, als merke er das nicht**: So sicher scheint er sich allerdings nicht zu sein, welche »Meinung« sich im Lächeln der Männer ausdrückt; aus seinem Verhalten spricht Verlegenheit, ja es scheint, dass er sich mit seinem Almosen glaubt freikaufen zu müssen.

45.19–20 **lediglich seine und des Toten Angelegenheit**: Das bestätigt die in dem Eingangstext zu diesem Kommentar vorgeschlagene Interpretation, der Reisende sei die in den Text hineingenommene Figur des Lesers.

45.24–26 **»Wie?« […] Handreichung?**: In einem von Max Brod nicht in seine Ausgabe aufgenommenen zweiten Ansatz dieser Passage geht es nach »Handreichung?« folgendermaßen weiter: »Sehr möglich. Höchstwahrscheinlich. Ein grober Fehler in der Rechnung, eine grundverkehrte Auffassung, ein kreischender tintenspritzender Strich geht durchs Ganze. Wer stellt es aber richtig? Wo ist der Mann es richtig zu stellen. Wo ist der gute alte landsmännische Müller aus dem Norden, der die zwei grinsenden Kerle drüben zwischen die Mühlsteine stopft?« (T 823 f.) Die Selbstthematisierung des Schreibens ist hier offensichtlich; das Kreischen der Feder zitiert zudem die schlecht funktionierende Maschine. Deutlich angesprochen ist mit der selbstironischen Anspielung auf das Ende von Max und Moritz bei Wilhelm Busch auch die erzählerische Aufgabe, die Kafka noch nicht gelöst sieht, nämlich die beiden Nebenfiguren verschwinden zu lassen, um das, was noch folgt (nämlich die Rezeptionsgeschichte von Kafkas Text) lediglich als Angelegenheit des Reisenden und des Toten (nach dem oben Gesagten also des Lesers und des Autors Kafka) erscheinen zu lassen.

45.28 **Urteilskraft**: Der zentrale Begriff der philosophischen Aufklärung ist hier auch wörtlich zu verstehen als »Kraft zu urteilen«, d. h. Richter, gerecht zu sein.

Taschenspielerkunststück: Auch wenn der Offizier ein Taschenspielerkunststück verneint, besteht der Trick natürlich in der durch die Hinrichtung gewonnenen Scheinlebendigkeit, die in dieser Variante auserzählt wird. Kafka erschien das – mit gutem Grund – wohl zu eindeutig, so dass er es bei der ursprünglichen Hinrichtungsszene blieb. 47.2–3

Vorschläge: Georg Heinrich Meyer, der während der kriegsbedingten Abwesenheit Kurt Wolffs den Verlag leitete, hatte Kafka am 11. Oktober geschrieben, dass der Fontane-Preis (der eigentliche Preisträger Carl Sternheim hatte das Preisgeld auf Anregung von Franz Blei an Kafka weitergegeben) die »allgemeine Aufmerksamkeit« auf ihn lenken werde, und aus diesem Grund eine Titelauflage der *Betrachtung*, Kafkas erster Buchpublikation, vorgeschlagen; d. h. die noch vorhandenen Exemplare der ersten Auflage wurden mit einem neuen Titelblatt versehen, da die alte Ausgabe noch die Titelei des Rowohlt Verlages aufwies (vgl. Wolff, Briefwechsel, S. 34; zu den Umständen der Preisverleihung vgl. Unseld, S. 103–107). 48.4

»Strafen«: Der Titelvorschlag für die Sammelpublikation ist charakteristisch für Kafka, lässt er doch offen, ob der Infinitiv des Verbums »strafen« oder der Plural des Nomens »Strafe« gemeint ist. Kafka liebte Titelformulierungen, die in ihrer Bedeutung zwischen einem Prozess und dessen Resultat oszillieren: »Betrachtung«, »Beschreibung«, »Urteil«, »Verwandlung«, »Process«. Es geht in den Erzählungen des geplanten Bandes also sowohl um die einzelnen Strafformen als auch um das Strafen an sich – ein Thema, dem sich Kafka im sogenannten Brief an den Vater (1919) auch theoretisch in ungemein luzider Weise widmen wird. 48.8

auch Herr Wolff [...] zugestimmt: Kafka bezieht sich hier auf das – inzwischen offenbar aufgegebene – Vorhaben, *Das Urteil*, *Der Heizer* und *Die Verwandlung* unter dem Titel »Die Söhne« in einem Buch zusammenzufassen, da ihm »an der Einheit der drei Geschichten nicht weniger« lag »als an der Einheit einer von ihnen«. Auf Kafkas Bitte, einen entsprechenden Passus in den Verlagsvertrag über den *Heizer* aufzunehmen, antwortete Wolff: »Da Sie mir brieflich Ihr Einverständnis mit meinem Vorschlag, den ›Heizer‹ betreffend, gegeben haben, brauchen wir wohl hierüber nicht eigens einen Vertrag abzuschließen. Und 48.9–10 ebenso wird Ihnen diese meine bindende Zusage genügen, daß ich gern zu einem noch näher zu vereinbarenden Zeitpunkte das Buch, enthaltend ›Die Verwandlung‹, ›Der Heizer‹ und ›Das Urteil‹, als Buch publizieren will.« (Vgl. die Briefe Kafkas an Wolff vom 11. April 1913 und Wolffs an Kafka vom 16. April 1913, in: Wolff, Briefwechsel, S. 30 f.) Kafka überträgt also Wolffs Zusage hinsichtlich der »Söhne« (zu diesem Zeitpunkt lag die *Strafkolonie* noch nicht vor) stillschweigend auf das neue Buchprojekt »Strafen«.

48.10–11 **gegenwärtigen Umständen**: Die Bedingungen der Kriegswirtschaft.

48.14–15 **bin ich gleichfalls Ihrer Meinung**: Am 7. Juli 1916 hatte Meyer an Max Brod geschrieben: »[...] reden Sie mal mit Kafka, daß wir nun die ›Verwandlung‹ mit der ›Verbrecherkolonie‹ zusammen als Romanband bringen.« Kurz darauf hatte er in einem nicht erhaltenen Brief dieses Angebot aber offenbar wieder zurückgezogen und stattdessen um eine eher verkäufliche größere Arbeit nachgefragt (Rekonstruktion des Vorgangs und Zitat bei Unseld, S. 131 f.).

48.23–24 **Ich habe [...] gewüstet**: Ich bin verschwenderisch mit mir/meinen Kräften umgegangen. Gemeint ist wohl die endlose Geschichte der Beziehung zu Felice Bauer sowie Kafkas unfreiwilliges – und letztlich den Niedergang der Fabrik nicht verhinderndes – Engagement in der Asbestfabrik seines Schwagers Karl Hermann, der zum Kriegsdienst eingezogen worden war. Dass die Selbstausbeutung der Kräfte »in allen Ehren«, also nicht durch eine lockere, »unmoralische« Lebensweise geschah, »verschlimmert« die Sache deswegen, weil sich darin, so der implizite Gedanke Kafkas, seine Lebensferne ausdrückt.

49.1 **keine größere Arbeit**: Das ist Kafkas Ansicht; *Der Verschollene* und *Der Process* lagen bereits in der Form vor, in der diese Romane nach Kafkas Tod zum klassischen Bestand der modernen Literatur wurden.

51.25 **Ihre freundlichen Worte**: Dieser erste persönliche Brief Kurt Wolffs in Sachen *Strafkolonie*, auf den Kafka hier antwortet, ist nicht überliefert. In Wirklichkeit muss es sich um eine wohlverpackte Ablehnung des Manuskripts gehandelt haben, der Kafka zwar zustimmt, die er aber dadurch relativiert, dass er den Abehnungsgrund, die »Peinlichkeit« der Geschichte, als Kriterium nsofern nicht gelten lässt, als es auch auf seine bereits von Wolff publizierten Texte zutreffe. Den ganzen Vorgang beschreibt schlüssig Unseld, S. 138–140.

51.26 **Ihr Aussetzen des Peinlichen**: Was Sie an Peinlichem auszusetzen haben. »Peinlich« ist freilich noch in anderer Bedeutung ein Kernbegriff der Erzählung: Geht es doch um eine »peinliche« Gerichtsbarkeit, die auf durch Folter erpressten Geständnissen beruht und Leib und Leben betrifft (»Pein« ist Lehnwort aus dem Lateinischen und abgeleitet von poena = Strafe). Auf diese doppelte Bedeutung des Begriffs zielt Kafka ab, wenn er auf eine für ihn ganz untypische Weise die öffentliche (Erster Weltkrieg) und private Aktualität (gescheiterter Heiratsversuch) seiner Erzählung herausstellt.

52.30 **Landarzt**: Tatsächlich erschien der *Landarztband* wenige Monate nach der *Strafkolonie*.

53.5 **bessere Arbeiten**: Das einzige Buch, das Kafka nach der *Strafkolonie* und dem *Landarzt* noch selbst zum Druck befördern sollte, *Ein Hungerkünstler*, erschien nicht mehr im Kurt Wolff Verlag, sondern in dem ambitionierten, aber kurzlebigen Berliner Verlag »Die Schmiede«.

Franz Kafka
in der Suhrkamp BasisBibliothek

Der Prozeß
Kommentar: Heribert Kuhn
SBB 18. 352 Seiten

»Dieser wichtige Roman liegt hier in einer preisgünstigen, schüler- und arbeitsgerechten Ausgabe vor, die die unvollendeten Kapitel, die vom Autor gestrichenen Stellen und das Nachwort Max Brods im Anhang einbezieht. Ein Kommentar von 60 Seiten informiert zur Text- und Entstehungsgeschichte, bietet Deutungsansätze und hilfreiche Wort- und Sacherklärungen.« *Lesenwert*

Die Verwandlung
Kommentar: Heribert Kuhn
SBB 13. 134 Seiten

»Heribert Kuhns Kommentar bietet einen überaus spannenden Zugang zu Kafkas berühmter Erzählung.«
Literatur in Wissenschaft und Unterricht

»Franz Kafkas berühmte Erzählung *Die Verwandlung* gibt es jetzt in einer gut kommentierten Ausgabe. ... Unmittelbare Worterklärungen und Verständnishilfen sind gleich in der Randspalte des Textes abgedruckt. Es folgt ein Kommentarteil, der die autobiografischen Zusammenhänge erläutert, Entstehungs- und Textgeschichte darstellt und Deutungsansätze unternimmt. ... Es bleibt kaum eine Frage offen.«
Frankfurter Neue Presse

NF 337/1/1.02

Max Frisch in der Suhrkamp BasisBibliothek

»Die Buchausgabe der Suhrkamp BasisBibliothek ist wunderschön. Offensichtlich inspiriert von elektronischen Hypertexten, werden Wort- und Sacherläuterungen direkt am Textrand präsentiert. Inhaltliche Erläuterungen, Verweise und Kommentare finden sich im Anhang am Ende des Buches – die jeweiligen Passagen sind aber im Text markiert. Der breite Rand lädt zum Markieren und Kommentieren nur so ein, so daß das Buch eine optimale Ausgabe für den Einsatz in der Schule ist. Weitere Informationen gibt der ausführliche Kommentar von Walter Schmitz etwa zu den Erzählverfahren, der Entstehungs- und Textgeschichte oder der Rezeptionsgeschichte.« *Praxis Deutsch*

Homo faber. Kommentar. Walter Schmitz. SBB 3. 301 Seiten

Andorra. Kommentar: Peter Michalzik. SBB 8. 176 Seiten

Biedermann und die Brandstifter. Kommentar: Heribert Kuhn. SBB 24. 144 Seiten

Montauk. Kommentar: Florian Radvan und Andreas Anglet. SBB 120. 250 Seiten

»Vielleicht bringt der multimediale Kontakt mit Frischs Stück manch einem, der Deutschstunden bislang als lästige Pflicht erlebte, einen neuen Zugang und damit Spaß an der Literatur.« *stern*

NF 1041/1/10.14

Hermann Hesse
in der Suhrkamp BasisBibliothek

»Heribert Kuhns Kommentar erweist sich (ebenso wie diejenigen zu den anderen Hesse-Texten der Suhrkamp BasisBibliothek, die sich allesamt bestens ergänzen) als gehaltvolle, fordernde und inspirierende Anleitung zum Verständnis des Romans. Als die Leseausgabe für Studierende kann dieser Band daher unbedingt empfohlen werden.« *Literatur in Wissenschaft und Unterricht*

Siddhartha. Kommentar: Heribert Kuhn. SBB 2. 192 Seiten

Der Steppenwolf. Kommentar: Heribert Kuhn. SBB 12. 306 Seiten

Demian. Kommentar: Heribert Kuhn. SBB 16. 240 Seiten

Unterm Rad. Kommentar: Heribert Kuhn. SBB 34. 288 Seiten

Narziß und Goldmund. Kommentar: Heribert Kuhn. SBB 40. 408 Seiten

Peter Camenzind. Kommentar: Heribert Kuhn. SBB 83. 215 Seiten

NF 1044/1/10.14

Heinrich von Kleist in der Suhrkamp BasisBibliothek

Der zerbrochne Krug
Kommentar: Axel Schmitt
SBB 66. 183 Seiten

Penthesilea
Kommentar: Axel Schmitt
SBB 72. 230 Seiten

Das Erdbeben in Chili. Die Marquise von O....
Die Verlobung in St. Domingo
Kommentar: Helmut Nobis
SBB 93. 217 Seiten

Das Käthchen von Heilbronn
Kommentar: Axel Schmitt
SBB 98. 233 Seiten

Prinz Friedrich von Homburg
Kommentar: Andrea Neuhaus
SBB 105. 155 Seiten

Michael Kohlhaas
Kommentar: Axel Schmitt
SBB 114. 243 Seiten

Amphitryon
Kommentar: Helmut Nobis
SBB 117. 162 Seiten

NF 1048/1/10.14

Deutsche Literatur des 20. Jahrhunderts in der Suhrkamp BasisBibliothek

Ingeborg Bachmann. Malina. Kommentar: Monika Albrecht und Dirk Göttsche. SBB 56. 389 Seiten

Jurek Becker
- Bronsteins Kinder. Kommentar: Olaf Kutzmutz. SBB 96. 349 Seiten
- Jakob der Lügner. Kommentar: Thomas Kraft. SBB 15. 352 Seiten

Thomas Bernhard
- Amras. Kommentar: Bernhard Judex. SBB 70. 143 Seiten
- Erzählungen. Kommentar: Hans Höller. SBB 23. 172 Seiten
- Heldenplatz. Kommentar: Martin Huber. SBB 124. 205 Seiten

Marcel Beyer. Flughunde. Kommentar: Christian Klein. SBB 125. 347 Seiten

Peter Bichsel. Geschichten. Kommentar: Rolf Jucker. SBB 64. 194 Seiten

Bertolt Brecht
- Der Aufstieg des Arturo Ui. Kommentar: Annabelle Köhler. SBB 55. 182 Seiten
- Aufstieg und Fall der Stadt Mahagonny. Kommentar: Joachim Lucchesi. SBB 63. 202 Seiten
- Die Dreigroschenoper. Kommentar: Joachim Lucchesi. SBB 48. 170 Seiten
- Geschichten vom Herrn Keuner. Kommentar: Gesine Bey. SBB 46. 217 Seiten
- Der gute Mensch von Sezuan. Kommentar: Wolfgang Jeske. SBB 25. 224 Seiten

NF 1060/1/10.14

- Herr Puntila und sein Knecht Matti. Kommentar: Anya Feddersen. SBB 50. 187 Seiten
- Kalendergeschichten. Kommentar: Denise Kratzmeier. SBB 131. 196 Seiten
- Der kaukasischer Kreidekreis. Kommentar: Ana Kugli. SBB 42. 192 Seiten
- Leben des Galilei. Kommentar: Dieter Wöhrle. SBB 1. 192 Seiten
- Mutter Courage und ihre Kinder. Kommentar: Dieter Wöhrle. SBB 1. 192 Seiten

Paul Celan. Todesfuge und andere Gedichte. Kommentar: Barbara Wiedemann. SBB 59. 188 Seiten

Max Frisch
- Andorra. Kommentar: Peter Michalzik. SBB 8. 176 Seiten
- Biedermann und die Brandstifter. Kommentar: Heribert Kuhn. SBB 24. 144 Seiten
- Homo faber. Kommentar: Walter Schmitz. SBB 3. 304 Seiten
- Montauk. Kommentar: Andreas Anglet und Florian Radvan. SBB 120. 250 Seiten

Norbert Gstrein. Einer. Kommentar: Heribert Kuhn. SBB 61. 156 Seiten

Peter Handke. Wunschloses Unglück. Kommentar: Hans Höller unter Mitarbeit von Franz Stadler. SBB 38. 132 Seiten

Christoph Hein. Der fremde Freund / Drachenblut. Kommentar: Michael Masanetz. SBB 69. 235 Seiten

Hermann Hesse
- Demian. Kommentar: Heribert Kuhn. SBB 16. 240 Seiten
- Narziß und Goldmund. Kommentar: Heribert Kuhn. SBB 40. 408 Seiten

NF 1060/2/10.14

- Peter Camenzind. Kommentar: Heribert Kuhn. SBB 83. 215 Seiten
- Siddhartha. Kommentar: Heribert Kuhn. SBB 2. 192 Seiten
- Der Steppenwolf. Kommentar: Heribert Kuhn. SBB 12. 312 Seiten
- Unterm Rad. Kommentar: Heribert Kuhn. SBB 34. 288 Seiten

Ödön von Horváth
- Geschichten aus dem Wiener Wald. Kommentar: Dieter Wöhrle. SBB 26. 176 Seiten
- Glaube Liebe Hoffnung. Kommentar: Dieter Wöhrle. SBB 84. 152 Seiten
- Italienische Nacht. Kommentar: Dieter Wöhrle. SBB 43. 162 Seiten
- Jugend ohne Gott. Kommentar: Elisabeth Tworek. SBB 7. 208 Seiten
- Kasimir und Karoline. Kommentar: Dieter Wöhrle. SBB 28. 160 Seiten

Franz Kafka
- Brief an den Vater. Kommentar: Peter Höfle. SBB 91. 163 Seiten
- Der Prozeß. Kommentar: Heribert Kuhn. SBB 18. 352 Seiten
- In der Strafkolonie. Kommentar: Peter Höfle. SBB 78. 132 Seiten
- Das Urteil und andere Erzählungen. Kommentar: Peter Höfle. SBB 36. 188 Seiten
- Die Verwandlung. Kommentar: Heribert Kuhn. SBB 13. 144 Seiten

Marie Luise Kaschnitz. Das dicke Kind und andere Erzählungen. Kommentar: Asta-Maria Bachmann und Uwe Schweikert. SBB 19. 250 Seiten

NF 1060/3/10.14

Heiner Kippenhardt. In der Sache J. Robert Oppenheimer. Kommentar: Ana Kugli. SBB 58. 190 Seiten

Alexander Kluge. Der Luftangriff auf Halberstadt am 8. April 1945. Kommentar: Thomas Combrink. SBB 122. 134 Seiten

Wolfgang Koeppen. Das Treibhaus. Kommentar: Arne Grafe. SBB 76. 289 Seiten

Gert Ledig. Vergeltung. Kommentar: Florian Radvan. SBB 51. 234 Seiten

Robert Musil. Die Verwirrungen des Zöglings Törleß. Kommentar: Oliver Pfohlmann. SBB 130. 290 Seiten

Ulrich Plenzdorf. Die neuen Leiden des jungen W. Kommentar: Jürgen Krätzer. SBB 39. 158 Seiten

Joseph Roth. Hiob. Kommentar: Heribert Kuhn. SBB 112. 268 Seiten

Arno Schmidt. Schwarze Spiegel. Kommentar: Oliver Jahn. SBB 71. 154 Seiten

Arthur Schnitzler
- Lieutenant Gustl. Kommentar: Ursula Renner unter Mitarbeit von Heinrich Bosse. SBB 33. 161 Seiten
- Traumnovelle. Kommentar: Andrea Neuhaus. SBB 113. 139 Seiten

Hans-Ulrich Treichel. Der Verlorene. Kommentar: Jürgen Krätzer. SBB 60. 176 Seiten

NF 1060/4/10.14

Martin Walser. Ein fliehendes Pferd. Kommentar: Helmuth Kiesel. SBB 35. 176 Seiten

Robert Walser
- Der Gehülfe. Kommentar: Karl Wagner. SBB 102. 312 Seiten
- Geschwister Tanner. Kommentar: Margit Gigerl und Marc Caduff. SBB 97. 407 Seiten

Frank Wedekind. Frühlings Erwachen. Kommentar: Hansgeorg Schmidt-Bergmann. SBB 21. 160 Seiten

Peter Weiss
- Abschied von den Eltern. Kommentar: Axel Schmolke. SBB 77. 191 Seiten
- Die Verfolgung und Ermordung Jean Paul Marats. Kommentar: Arnd Beise. SBB 49. 180 Seiten

Christa Wolf
- Der geteilte Himmel. Kommentar: Sonja Hilzinger. SBB 87. 337 Seiten
- Kein Ort. Nirgends. Kommentar: Sonja Hilzinger. SBB 75. 157 Seiten
- Kassandra. Kommentar: Sonja Hilzinger. SBB 121. 269 Seiten
- Medea. Kommentar: Sonja Hilzinger. SBB 110. 255 Seiten

Stefan Zweig. Schachnovelle. Kommentar: Helmut Nobis. SBB 129. 114 Seiten

NF 1060/5/10.14

Fremdsprachige Literatur in der Suhrkamp BasisBibliothek

Gerbrand Bakker. Birnbäume blühen weiß. Übersetzer: Andrea Kluitmann. Kommentar: Andreas Ecke. SBB 137. 180 Seiten

Henrik Ibsen. Nora oder Ein Puppenheim. Übersetzer: Angelika Gundlach. Kommentar: Andrea Neuhaus. SBB 133. 162 Seiten

Molière
- Der Geizige. Übersetzer: Annegret Ritzel. Kommentar: Andrea Neuhaus. SBB 136. 140 Seiten
- Der eingebildete Kranke. Übersetzer: Johanna Walser und Martin Walser. Kommentar: Andrea Neuhaus. SBB 123. 118 Seiten

William Shakespeare. Romeo und Julia. Übersetzer: Erich Fried. Kommentar: Werner Frizen und Detlef Klein. SBB 115. 232 Seiten

Bernard Shaw. Pygmalion. Übersetzer: Harald Mueller. Kommentar: Andrea Neuhaus. SBB 128. 162 Seiten

NF 1062/1/10.14